OSCAR
STORIA

Renzo De Felice

BREVE STORIA DEL FASCISMO

Con i due saggi «Il problema dell'identità nazionale» e «Dall'eredità di Adua all'intervento»

I edizione Le Scie gennaio 2001
I edizione Oscar Storia gennaio 2002

ISBN 978-88-04-67819-9

Questo volume è stato stampato
presso ELCOGRAF S.p.A.
Stabilimento - Cles (TN)
Stampato in Italia. Printed in Italy

Anno 2020 - Ristampa 23

librimondadori.it

Indice

VII *Introduzione*
di Claudio Siniscalchi

XVII *Al lavoro con Renzo De Felice*
di Folco Quilici

BREVE STORIA DEL FASCISMO
3 Il primo Mussolini
15 Il fascismo al potere
27 Il delitto Matteotti e l'Aventino
39 La costruzione dello Stato totalitario
49 L'antifascismo e gli esuli
61 La politica estera del fascismo
73 Fascismo e nazismo
87 Dalla non belligeranza all'intervento
99 Dalla «guerra parallela» alla guerra tedesca
109 Salò e la «guerra civile»

120 IL PROBLEMA DELL'IDENTITÀ NAZIONALE

133 DALL'EREDITÀ DI ADUA ALL'INTERVENTO

145 *Indice dei nomi*

Introduzione

In memoria del professor
Renzo De Felice

I testi dello storico Renzo De Felice che il lettore trova in questo volume provengono da un'opera audiovisiva e multimediale composta da sessantadue documentari della durata di trenta minuti circa ciascuno. Per realizzare questa imponente produzione, dal titolo *La storia d'Italia del XX secolo*, ci sono voluti più di dieci anni, un lavoro immenso portato a termine da una équipe di professionisti eterogenea e dieci miliardi, investiti tutti dall'Istituto Luce.

Nel 1991, come si ricorderà, eravamo nel vivo di una questione di bruciante attualità: quella dell'identità nazionale. A livello politico e culturale l'irrompere sulla scena politica delle Leghe aveva riportato sul terreno della discussione la «questione settentrionale», animata da rivendicazioni separatiste. A livello storiografico, invece, erano affiorate la tematica della «morte della patria» a causa della ferita dell'8 settembre, lanciata da Renzo De Felice con un'intervista esplosiva e ripresa con vigore da Ernesto Galli della Loggia in una relazione a un convegno nel 1994, successivamente ampliata nel saggio *La morte della patria*,* e la tematica della «fine della nazione» (rielaborata accortamente nel volume di Gian Enrico Rusconi *Se cessiamo di essere una nazione*).**

* Ernesto Galli della Loggia, *La morte della patria*, Laterza, Roma-Bari 1996.
** Gian Enrico Rusconi, *Se cessiamo di essere una nazione*, il Mulino, Bologna 1993.

L'allora presidente dell'Istituto Luce, Giuseppe Sangiorgi, decise in questo clima culturale di avviare un progetto molto ambizioso: una storia d'Italia dal 1861 ai giorni nostri, realizzata con il sussidio delle immagini, in forma di documentario. Si poteva all'epoca contare su una legge favorevole, che obbligava il Luce a destinare la metà del finanziamento pubblico annuale alle produzioni documentaristiche. Realizzare dunque una storia d'Italia. Progetto affascinante, certo: ma come metterlo in pratica? Il primo problema da risolvere era quello di scegliere chi doveva narrare gli avvenimenti. Decidemmo di affidare il compito a tre storici. Questa non fu una scelta facile, perché incaricare uno storico della realizzazione di un testo che deve rappresentare la colonna parlata di un documentario può rivelarsi una operazione rischiosa. Risolvemmo il problema affidandoci a tre storici di notevole valore: Renzo De Felice, uno studioso che si era occupato in particolare del fascismo, di militanza liberale; Pietro Scoppola, biografo di De Gasperi, che aveva approfondito le vicende legate alla storia politica e culturale dell'Italia repubblicana, di orientamento cattolico; e Valerio Castronovo, di formazione neoilluminista, fra i maggiori conoscitori della vicende economiche nazionali, ed esponente della sinistra laica.

Cercammo, quindi, fin dall'inizio, di superare quel vizio radicato della storiografia italiana, troppo spesso abituata a leggere con un paraocchi ideologico o interpretativo le vicende analizzate. Naturalmente non volevamo raggiungere il mito della obiettività storica, poiché a essa non credevamo. Eravamo consapevoli che ogni studioso è sempre coinvolto nella vicende che studia; ma a noi sembrava che l'aver chiamato tre storici al tempo stesso così autorevoli e così diversi, anche anagraficamente, ci mettesse per lo meno al riparo da fastidiose forzature.

Decidemmo poi di affidare la regia a un grande maestro del cinema italiano, Folco Quilici. Pensando a Quilici viene spontaneo associare la sua professione alle profondità marine, alla difesa della natura e delle bellezze incontaminate, ai viaggi per mare in tutti i continenti: insomma al documentario naturalistico ed etnografico. Invece, se si studia attentamente la sua filmografia, ci si accorge che ha lavorato a un progetto, tanto per fare un esempio, sull'uomo europeo, realizzato insieme a Fernand Braudel, fra i più grandi innovatori della storiografia contemporanea, esponente insieme a Marc Bloch e a Lucien Febvre (i padri fondatori della «nuova storia») della cosiddetta «scuola delle Annales», e autore di uno dei libri di storia più affascinanti scritti in questo secolo, dedicato al Mediterraneo. Inoltre Quilici aveva anche lavorato, insieme a Sabatino Moscati, a un documentario eccellente sull'antichità fenicia, e da poco aveva ultimato una complessa storia della Compagnia di Gesù.

Come si potrà facilmente comprendere, mettere insieme una squadra così diversificata non fu semplice. I successori di Sangiorgi alla guida dell'Istituto Luce, Felice Laudadio, Silvio Clementelli e oggi Angelo Guglielmi, hanno saputo mantenere nel tempo intatta la struttura operativa della serie, alla quale è mancato solo Renzo De Felice, prematuramente scomparso.

I testi di cui disponevamo per i singoli episodi erano piccoli saggi, molto difficili da visualizzare. La scommessa fu quella di mantenere intatta, tranne lievissimi aggiustamenti, la scrittura di partenza. E questo consente la presente pubblicazione, perché i testi qui raccolti di Renzo De Felice sono una vera e propria sintesi delle migliaia di pagine da lui dedicate alla comprensione del fascismo. Editiamo, nella forma originale che ci fu consegnata dall'autore, un racconto esauriente della storia di un ventennio della vita italiana, dal primo Mussolini socialista sino alla conclusione dell'esperienza di Salò e della guerra civile. Il lettore troverà in questa storia qualche lacuna, in special modo evidente per quanto concerne le questioni economiche. Ciò è dovuto al fatto che De Felice non si concentrò su tali argomenti, al fine di non sovrapporsi con quanto stavano contemporaneamente elaborando gli altri due colleghi per il progetto della *Storia d'Italia del XX secolo*. In questa raccolta di scritti ci troviamo davanti a un De Felice forse più giornalista che storico. La sua scrittura, date le necessità dovute alla committenza, è sin troppo agile, rispetto ad esempio ai lunghi periodi delle fittissime pagine del suo capolavoro, la biografia di Mussolini. Ciò non toglie, però, che De Felice in queste pagine ci presenti l'ultimo aggiornamento sintetico della sua visione del fascismo.

De Felice e la storia del fascismo: un binomio inseparabile. Tutto comincia con la biografia che lo storico reatino dedica al capo del fascismo, con un primo volume, *Mussolini il rivoluzionario,* fortemente voluto da Delio Cantimori, che ne scrisse la prefazione, e pubblicato da Einaudi nel 1965, al quale hanno fatto seguito nel corso dei successivi trent'anni, sempre presso lo stesso editore, complessivamente altri sette corposi tomi: *Mussolini il fascista. La conquista del potere* (1966), *Mussolini il fascista. L'organizzazione dello Stato fascista* (1968), *Mussolini il duce. Gli anni del consenso* (1974), *Mussolini il duce. Lo Stato totalitario* (1981), *Mussolini l'alleato. L'Italia in guerra* (1990, due volumi), *Mussolini l'alleato. La guerra civile,* quest'ultimo uscito postumo nel 1997 e non nella versione definitiva.

Da subito, sin dall'apparire del primo volume, la biografia defeliciana si segnalò come un'opera fortemente difforme rispetto alla storiografia occupatasi del regime fascista. Ma è con l'apparire di un lavoro non propriamente scientifico, in forma di intervista, che De Felice si trova al centro di una polemica violentissima, che lo accompagnerà per tutto il resto della sua vita. Infatti nel 1975 l'editore Laterza pubblica la sin troppo famosa *Intervista sul fascismo,* rilasciata da De Felice a un allievo di George L. Mosse (storico e amico molto stimato dallo studioso italiano), l'americano Michael A. Ledeen. Il fuoco di sbarramento contro le tesi esposte da De Felice fu pesantissimo. Contro di lui si scatenò una controffensiva tambureggiante, tanto da spingere uno dei maggiori storici in attività, Rosario Romeo, a parlare di un vero e proprio linciaggio.* La rivista «Italia contemporanea» promulgò addirittura un appel-

* Rosario Romeo, *No al linciaggio,* in «il Giornale», 19 luglio 1975.

lo contro la «storiografia afascista» e il «qualunquismo storiografico» di De Felice, ritenendoli indizio di «un orientamento storiografico e culturale che ormai scopre apertamente i suoi risvolti politici, travasando nel campo storiografico le strumentalizzazioni della teoria degli opposti estremismi».* Non meno tenero si rivelò Nicola Tranfaglia, che vedeva nelle tesi defeliciane esposte nell'intervista non un materiale sul quale dibattere, magari da posizioni avverse, ma un fatto grave, capace di indurre nelle giovani generazioni guasti altrettanto gravi.** A onor del vero, l'isteria non toccò tutto lo schieramento della storiografia e della pubblicistica insensibile a un processo di revisione degli studi sul ventennio fascista. Ad esempio Giorgio Amendola, pur ribadendo le sue perplessità sulle tesi di De Felice, non ne denunciò la pericolosità; ma restò una voce isolata e non ascoltata.***

Gli anni che seguirono la pubblicazione dell'intervista laterziana videro De Felice impegnato in un febbrile lavoro di completamento della biografia mussoliniana (che comportò una consistente crescita del prestigio intellettuale e scientifico del suo autore), e al tempo stesso si assistette all'agglomerarsi di un vasto schieramento impegnato in una continua campagna di contrapposizione alle sue opere, additate in tono dispregiativo come «revisioniste». Quanti hanno avuto la fortuna di frequentare – come chi scrive questa presentazione – le lezioni tenute da De Felice nei primi anni Ottanta presso la facoltà di Scienze politiche alla Sapienza di Roma, dove insegnava Storia dei partiti politici, poterono toccare con mano il clima di fastidio generalizzato nei suoi confronti. Fastidio manifestato sino alla morte dello studioso, compresa una clamorosa contestazione durante una pubblica cerimonia accademica (senza dimenticare l'attentato incendiario alla casa romana di via

* *Una storiografia afascista per la «maggioranza silenziosa»*, in «Italia contemporanea», n. 119, 1975.

** Nicola Tranfaglia, *La pugnalata dello storico*, in «Il Giorno», 6 luglio 1975.

*** Giorgio Amendola, *Per una storia dell'antifascismo*, in «l'Unità», 20 luglio 1975.

Cesari, a Monteverde Vecchio, pochi mesi prima della scomparsa dello storico, già gravemente malato).

De Felice non fece niente per sminuire l'ostilità dei suoi avversari. Anzi, non perse l'occasione per controbattere, utilizzando sapientemente i mass media per dare battaglia, come fece nel corso di due polemiche interviste rilasciate a Giuliano Ferrara sul «Corriere della Sera» il 27 dicembre 1987 e l'8 gennaio 1988. Arriviamo così all'ultima polemica scatenata dal libro scritto a quattro mani con un giornalista di «Panorama», Pasquale Chessa, dal titolo *Rosso e Nero,* che ebbe grandissimo successo.* Con questo pamphlet in forma di intervista, come ha osservato Pierluigi Battista, «vengono anticipate le tesi cardine dell'ultimo e incompiuto volume einaudiano della biografia di Mussolini» e «si riaccende così una polemica i cui toni a vent'anni esatti di distanza somigliano in modo impressionante alle sequenze emotive e all'allarmismo ideologico incline al "linciaggio" che avevano seguito la pubblicazione della prima *Intervista* di De Felice».**

Anche dopo la sua scomparsa le polemiche non si sono arrestate. Nell'articolo *Quel che resta di De Felice,* sulla «Repubblica» del 14 maggio 2000, che annunciava un convegno dedicato al suo lavoro scientifico,*** Massimo Salvadori, intervistato da Nello Ajello, affermava che pochi come De Felice avevano saputo attingere al materiale d'archivio, ma aggiungeva che lo storico non sempre aveva saputo adeguatamente elaborarlo e interpretarlo, «con effetti contraddittori». «De Felice ha oscillato su punti chiave», aprendo la strada «alla più o meno relativa "riabilitazione" del fascismo.» A rinfocolare le polemiche il solito Nicola Tranfaglia, che in un commento di spalla dal titolo *Cari allievi che invitate solo gli amici* rimarcava il fatto che

* Pasquale Chessa, *Rosso e Nero,* Baldini & Castoldi, Milano 1995.

** Pierluigi Battista, *Cultura e ideologia,* in *Storia d'Italia,* volume VI, a cura di Giovanni Sabbatucci e Vittorio Vidotto, Laterza, Roma-Bari 1999, p. 485.

*** Giornata di studi sul ruolo di Renzo De Felice nella storia italiana ed europea, Link Campus University of Malta, Roma, 16 maggio 2000.

gli organizzatori del seminario proponevano di fatto un «dibattito storiografico sull'opera di De Felice che è nello stesso tempo mutilo e fermo agli anni della guerra fredda: ne parleranno, infatti, soprattutto gli allievi più ortodossi della scuola creata dallo storico reatino, qualche straniero (Milza, Mack Smith) tanto per animare il quadro, ma saranno esclusi rigorosamente tutti gli studiosi italiani che per trent'anni hanno discusso sulle riviste storiche e nei loro libri le principali tesi dello storico del fascismo».

Dove un uomo così mite trovasse il coraggio e la forza per lavorare alacremente e rispondere colpo su colpo ai tanti suoi contestatori (che non hanno riposto le armi nemmeno dopo la sua scomparsa), è davvero un mistero. Balbuziente, De Felice non balbettò mai davanti ai suoi avversari, offrendo a quanti lo hanno conosciuto, stimato, hanno lavorato con lui, o sono stati suoi semplici allievi o lettori, una straordinaria lezione di dignità intellettuale, senso civico e onestà morale. De Felice si sforzò di indicare ad almeno un paio di generazioni, che leggendo male le vicende del fascismo e del comunismo stavano andando al macello, una via di fuga. Chi volle ascoltarlo riuscì a lasciarsi alle spalle ingombranti fardelli e affrontare il futuro con maggiore consapevolezza. E per questa ragione, quanti si richiamano alla sua produzione scientifica e al suo coraggioso esempio civile di intellettuale gli saranno sempre infinitamente grati.

Claudio Siniscalchi

Al lavoro con Renzo De Felice

Aveva uno strano modo di dire «no», non scuoteva la testa, ma arricciava il naso come sentisse odore di bruciato. Simultaneamente il suo sguardo ammiccava sorridendo, e sembrava volersi scusare per averti contraddetto.

Quel sorriso non significava arrendevolezza.

Ho assistito a dibattiti e a contraddittorii tra De Felice e suoi amici o colleghi o contestatori; e ho potuto ogni volta notare che se la smorfia-sorriso veniva inalberata, restava impressa sul suo viso continuando a significare «non sono d'accordo».

Evoco questo suo particolare modo di dissentire perché, insieme a ben marcati segni affermativi del capo, accompagnò il mio ultimo incontro con lui; con un Renzo De Felice morente, nel suo letto di casa, in una stanza ricolma di libri, di cartelle gonfie di fogli e pile di giornali.

Una calda e serena luce primaverile riverberava dalla finestra aperta; e nulla sembrava diverso da altri incontri avvenuti in quella casa, se non per l'assenza del profumo diffuso dal mezzo toscano fino a pochi mesi prima quasi perennemente tra le sue labbra.

In quella casa lui stava continuando a lavorare, nonostante la malattia, sull'ultimo volume dell'opera su Mussolini. E alle puntate conclusive della serie di film dedicati alla *Storia d'Italia del XX secolo*, delle quali era uno degli autori.

Nelle stesse ore combatteva però anche la battaglia finale

contro il male che lo stava uccidendo; battaglia che lui sapeva benissimo, e da mesi, d'aver perso, ma affrontava con apparente indifferenza.

Solo poco tempo prima del mio ultimo incontro con lui, aveva organizzato una delle sue tradizionali cene con gli amici; come sempre aveva più ascoltato che parlato, intervenendo solo raramente per una delle sue tipiche battute sferzanti, a volte amare a volte divertenti.

Una cena come tante, ma a differenza delle precedenti lui non aveva toccato nemmeno un goccio di vino, né alla fine si era levato per versare lui stesso nel piccolo bicchiere posto di fronte a ciascuno di noi quanto chiamava «una razione di bontà», ovvero il dolce vino di Pantelleria.

Per tornare ai suoi segni di diniego, il giorno in cui si lavorò per l'ultima volta assieme, aveva la testa appoggiata ai cuscini, confinato nel letto dove i dottori erano riusciti infine a costringerlo. Il giorno prima avevo saputo che le sue condizioni erano improvvisamente peggiorate, tanto da far temere il peggio e in breve tempo. Avevo quindi pensato di cancellare l'appuntamento, di non presentarmi da lui per sottoporgli lo schema conclusivo del film preparato assieme. Ma Livia, sua moglie, mi aveva chiamato al telefono, m'aveva detto di non preoccuparmi, di andare a casa loro: «Vuole vederti e finire il lavoro con te...».

Il verbo *finire* aveva un suono sinistro, quel giorno.

D'abitudine gli incontri dedicati alla fase conclusiva delle puntate della serie sulla quale si lavorò assieme avvenivano alla fine del «montaggio». Dal 1991, anno in cui era iniziata la nostra collaborazione, si visionava con lui e con Claudio Siniscalchi ogni film, prima del suo completamento definitivo; era così possibile apportare correzioni e cambiamenti, se necessari. Di fronte al monitor luminoso del montaggio video, si lavorava attentamente; io leggevo il suo testo nella versione definitiva, lui mi ascoltava osservando le scene, approvando oppure sottolineando errori o inesattezze, cercando una parola o un'immagine alternativa per meglio rendere un concetto da esprimere.

Ma quel giorno del maggio 1996, per il controllo dell'ultimo dei film a lui affidati, dedicato alla Repubblica sociale e alla fine di Mussolini, io non potevo mostrargli nulla di quanto montato. Poco tempo prima, ipotizzando una possibile visione al montaggio, avevo sperato, come tutti attorno a lui, in un miglioramento. Era invece accaduto il contrario. Incontrarci davanti a un video risultava impossibile.

Lui però intendeva lo stesso collaborare a quell'ultima puntata. Ma per far questo non restava che una soluzione: affrontare il lavoro «tutto a voce», leggergli il commento da lui scritto spiegandogli via via le sequenze d'immagini scelte a supporto. Eravamo arrivati a questa soluzione rassicurandoci a vicenda; Renzo conosceva infatti perfettamente dove avevo attinto per realizzare il montaggio di quella puntata: dalla ricca serie di cinegiornali realizzati tra il '43 e il '45 dall'Istituto Luce. Li aveva visti più volte in sue precedenti ricerche, soprattutto in occasione del lungometraggio su quel periodo realizzato dall'Istituto Luce per la regia di Nicola Caracciolo e presentato alla Mostra del Cinema di Venezia del 1991.

Quel mattino, gli *raccontai*, quindi, il film. Non avevo potuto prevedere sino a che punto lui, pur restando perfettamente lucido, fosse indebolito. Seguiva il mio racconto con sguardo attento dall'inizio alla fine, limitandosi ad arricciare il naso, in segno negativo, quando qualcosa non lo convinceva. Suggerivo allora sostituzioni o eliminazioni di scene, «riserve» già da tempo scelte con lui. Le proponevo a una a una, fino a quando la smorfia del «no» scompariva sostituita da un segno di assenso. Riuscimmo così a supplire alla visione delle scene e controllammo e correggemmo il tutto.

Poi ci salutammo con parole non diverse da quelle pronunciate in simili occasioni. Ma entrambi sapevamo che quel giorno era drammaticamente diverso da ogni altro.

Ho indugiato su questo ricordo non solo per un motivo d'affetto (che fu profondo, di lunga data), ma perché il lettore può scorgervi il modo particolare in cui si sviluppò il nostro lavoro. Scrivo *modo* e non *sistema* o *tecnica*, ritenendole parole che presuppongono una certa meccanicità, una sorta di automatismo tra il regista di un film e chi ne scrive il commento parlato, fornendo un testo il cui valore è nell'autorevolezza e nella fama di chi firma. Punto e basta.

Per Renzo De Felice questo, invece, non era sufficiente. E si lavorò così seguendo una strada diversa.

Decidemmo insieme di non limitarci ad «accoppiare» testo-immagine, ma di *tradurre* con pazienza, e con inventiva, i concetti espressi dal testo in sequenze cinematograficamente valide quanto la parola scritta.

Non fummo, però, solo due autori decisi a non limitarsi alla somma delle reciproche esperienze nel momento della realizzazione del film, ma cercammo – e riuscimmo – a creare un rapporto profondo in un continuo scambio di idee. Questo accadeva in incontri frequenti, continue riflessioni e valutazioni d'ipotesi e soprattutto reciproca fiducia nel lavoro intrapreso.

Conoscevo il valore di una simile esperienza avendola già vissuta con Fernand Braudel per la realizzazione di due serie di film, *La Méditerranée* e *L'uomo europeo.*

Braudel e De Felice non avevano caratteri simili e soprattutto furono storici molto diversi; e lo furono anche nella forma in cui elaboravano i testi scritti per opere audiovisive. Ma amavano entrambi, e molto, il mezzo cinematografico come strumento di divulgazione. E rifiutavano entrambi di ridurre la loro collaborazione alla «fornitura» di un commento, anche se molto dotto.

Lavorando con Braudel e con De Felice, occorreva in qualche misura cercare di «vivere insieme» nel periodo di comune impegno. Con Braudel i nostri numerosi viaggi, e in particolare le lunghe permanenze a Venezia e Genova, furono spunto per conoscerci sempre meglio e per parlare anche di progetti futuri. Con De Felice cercavamo di vederci il più sovente possibile; e spesso si discuteva di quanto stava accadendo nel nostro paese, attraverso radiografie spietate dei partiti e della classe politica. Accadeva questo soprattutto nel ritrovarci a casa di Renzo e Livia con amici come Giovanni Spadolini, Stefano Folli; e ancor prima con Rosario Romeo. Negli ultimi tempi, compagno di riunioni fu Pasquale Chessa, che con De Felice stava portando avanti la lunga intervista apparsa con il titolo di *Rosso e Nero*.

Con De Felice avevamo avuto il nostro primo incontro di lavoro quando lui volle saperne di più su mio padre, sul «Corriere Padano», sull'amicizia e la morte con Balbo. Era venuto a conoscenza – lui, gran cacciatore di documenti – dell'esistenza di un «Diario di guerra» redatto da Nello Quilici in Libia; volle leggerlo e decise subito di pubblicarlo sulla sua «Storia Contemporanea», corredato da un saggio di uno dei suoi allievi preferiti, Alberto Acquarone.

Era il 1975 e da allora continuammo a incontrarci e a frequentarci. La successiva occasione di collaborare si presentò quando l'allora presidente dell'Istituto Luce, Giuseppe Sangiorgi, ci chiamò perché aveva ipotizzato di mettere in cantiere una *Storia d'Italia del XX secolo*, una lunga serie filmata in cui, per la prima volta, un paese avrebbe potuto osservare «allo specchio» la sua storia, essendo il Novecento il primo secolo documentato da immagini vive. E disponendo il Luce del prezioso materiale filmato in quei cent'anni.

Alla prima riunione per discutere del progetto, attorno a un grande tavolo rotondo alla direzione dell'Istituto erano i tre storici convocati, Renzo De Felice, Pietro Scoppola, Valerio Castronovo; di fronte a loro, il presidente Sangiorgi, il responsabile editoriale dell'Istituto Luce Claudio Siniscalchi e io.

Nacque quel giorno la serie che si è conclusa dopo quasi dieci anni. Lunga vicenda della quale ha già narrato ampiamente Claudio Siniscalchi nell'introduzione a questo volume.

De Felice alla fine di quella prima riunione, quando lo accompagnai a casa in macchina, restò a lungo silenzioso. Poi, inciampando nelle prime parole come era solito, fu chiaramente profetico: «Sarà un lavoro lungo e difficile, perché a ben vedere non si tratta di raccontare e analizzare cento anni… ma cento *anni-luce.* Abisso di tempo che ha trasformato radicalmente l'Italia».

Alcune settimane dopo, mi consegnò il primo schema dell'opera per la parte che gli competeva: la nascita, l'affermazione e la fine del fascismo. Il primo episodio (dedicato al problema dell'identità nazionale, considerato da De Felice essenziale come antefatto alle successive vicende del Ventennio mussoliniano) fu per lui e per me un film molto difficile. E mi fece intuire che gli altri non sarebbero stati da meno.

Di fronte a quanto m'attendeva per realizzare l'intera serie decisi allora di leggere tutta l'opera di De Felice su Mussolini. Glielo dissi e lui mi guardò tra lo stupito e il divertito: «Tutta? Ma è un lavoro immane!…». Lo informai che avevo già concluso la lettura del primo volume, mi accingevo ad acquistare gli altri e, quando sarebbero usciti, anche gli ultimi due che lui aveva ancora in gestazione.

«Aspetta un momento…» mi rispose, scomparendo in una delle stanze di quell'appartamento-biblioteca. Ritornò poco dopo con una enorme busta di plastica, reggendola a fatica per i manici. «Il peso della storia!» esclamò ridendo. «Ecco i volumi che ti mancano… gli altri arriveranno… ora ti faccio una dedica…» Tolse la penna dal taschino, estrasse «uno dei Mussolini» a caso e scrisse beffardo: *A Folco, che vuol passare la sua vita terrena e la successiva a leggermi. Con affetto, Renzo.*

Tutti coloro che hanno studiato i suoi testi sanno fino a che punto sia ostica quella lettura. Sin troppe volte è stata sottolineata la fatica d'avanzare in pagine che sembrano infinite, di districarsi tra periodi interminabili, parentesi e incisi che si ripetono e intersecano, con frequenti rimandi e note a piè di pagina. A volte così lunghe e consistenti da rappresentare quasi un capitolo nel capitolo.

E fu infatti per me un impegno notevole affrontare «tutto il De Felice», dall'inizio alla fine, pagina per pagina. Ben immaginando questo, lui m'aveva scritto quella dedica non solo per scherzo; sapeva che gran parte dei lettori si avvicinava alla sua opera non per leggerla dalla A alla Z, ma soprattutto per consultarla su questo o quell'argomento, su questo o quel personaggio.

Da parte mia non tardai a rendermi conto che era innanzitutto questione di allenamento; accettato il ritmo-non-ritmo del suo scrivere, andai avanti dimenticando ogni difficoltà, preso da quanto andavo scoprendo di pagina in pagina. E di pagina in pagina mettendo a fuoco una mia personale opinione sullo stile di De Felice. Essendo gli eventi della storia non lineari ma, come ben si sa, contorti e contraddittori, De Felice aveva adattato il suo scrivere a loro. Aveva fatto in modo che non uno, ma una folla di personaggi s'accavallassero nella stessa pagina, a volte nella stessa frase, si fronteggiassero in eventi affrontandoli nelle più diverse e contrapposte maniere. Tortuosità di percorso che lui, con il suo modo di scrivere, ripercorreva puntigliosamente, riuscendo così a rendere evidente la complessità d'una vicenda politica, culturale, militare, di costume, quale si venne componendo durante il ventennio fascista. Il procedere del testo di De Felice di riga in riga, di nota in nota, di pagina in pagina rispecchiava il non-ordine della verità, e dal magma riusciva a trarre chiare conclusioni, giudizi, interrogativi, dubbi.

Certo, mi dicevo preoccupato, sarà difficile affidare alla voce di uno speaker quanto lui andrà scrivendo per commentare i film che ci accingevamo a realizzare per il Luce.

Sarà complessa, mi ripetevo, la «traduzione» in immagini dei suoi testi.

Non sapevo che lo stesso dubbio era sorto anche in De Felice. E infatti nel consegnarmi il testo del primo film a lui affidato borbottò scherzando: «Ho cercato di scriverlo... facile facile».

In realtà qualche problema restava. Provocato dalla lunghezza dei periodi, righe e righe senza alcuna interruzione per una pausa. Gli chiesi allora l'autorizzazione a porre virgole e «punti a capo», a mia discrezione. Accettò, e non solo. Per aiutarmi, nei rari casi in cui quella semplice soluzione non risultò sufficiente, accettò di buon grado di riscrivere un paragrafo, eventualmente sintetizzandolo.

Accadde anche il contrario. La necessità di chiedergli un supplemento di testo quando dall'inesauribile archivio del Luce affioravano immagini inattese, inedite. Oppure sorgeva il problema di cancellare una parte di quanto scritto, se la precisa immagine corrispondente mancava.

A proposito di questo, debbo ricordare l'apporto prezioso del De Felice cacciatore-di-documenti a tutto il nostro lavoro.

L'episodio più clamoroso accadde al momento del montaggio d'una sequenza estremamente delicata, relativa al processo di Verona del '44. Lui era convinto, e a ragione, dell'esistenza di materiale filmato al momento della fucilazione di Galeazzo Ciano. Tanto cercò, da scovare la lettera di un sottosegretario alla presidenza del Consiglio del governo De Gasperi che, riferendosi a due scatole di pellicola giunte a Roma assieme ad altro materiale recuperato nell'archivio della Repubblica sociale, informava «chi di dovere» che i due spezzoni di film contenevano immagini relative alla fucilazione dei gerarchi fascisti dopo la sentenza del Tribunale speciale; e ne sconsigliava la visione *per la crudezza delle scene*. Purtroppo, quelle scatole non erano più alla presidenza del Consiglio, né erano mai giunte all'Istituto Luce. Cercate invano, non restava che rassegnarsi alla loro scomparsa.

De Felice, ascoltando notizie sull'esito sconfortante delle affannose e prolungate indagini, mi disse: «Perché non frughi all'Archivio di Stato?». Perché là ci sono solo documenti cartacei, non film, risposi. «E tu cerca lo stesso» mi intimò.

Aveva ragione lui. Sepolte sotto pile di scartoffie della sede di Roma, giacevano due scatole arrugginite, proprio quelle del processo di Verona e della fucilazione dei gerarchi condannati. Un altro documento visivo di grande importanza era così venuto alla luce grazie alla sua testarda volontà di inseguire testimonianze e documenti, anche quando sembrava che tempo ed eventi avessero reso impossibile riuscire a trovarli.

I chilometri e chilometri di film d'archivio che andai allora visionando mi diedero a volte la sorpresa di imbattermi in sequenze interessanti, ma non di stretto valore storico. La loro singolarità poteva però consentirmi di realizzare, all'interno dell'opera, annotazioni gustose sui costumi del tempo; ma per l'imprevedibilità del loro ritrovamento, non rientravano nello schema articolato di un testo già scritto. In quei casi, proponevo a Renzo l'inserimento, nel contesto d'insieme, della sequenza imprevista, presentandola senza il commento dell'autore ma utilizzando solo il sonoro del cinegiornale del tempo.

Nella serie sull'*Italia del XX secolo,* non sono poche queste parentesi, sempre da lui approvate e gradite.

In particolare ricordo la sequenza inserita nell'episodio dedicato «al giovane Mussolini». La trovai in un imprevedibile e involontariamente comico documentario del RACI, Reale Automobile Club Italiano, susseguirsi di immagini relative a un raid motociclistico partito da varie città d'Italia e conclusosi alla «casa natale del Duce». Da quel materiale trassi una sequenza di centauri su moto rombanti, che inneggiavano, s'affollavano, correvano per le vie di Predappio in un felliniano caos, ben diverso dalle preconfezionate e stucchevoli cronache delle adunate di regime.

Minuscolo, apparentemente insignificante dettaglio nella visione d'insieme di quel periodo; ma Renzo, nel vederlo, commentò: «Anche eventi secondari come questo servono a capire gli anni del fascismo».

Tanto si divertiva, in casi simili, tanto s'indignava davanti alla stupidità o all'efferatezza di altre scene.

La sua attenzione non si lasciava però mai distrarre dalle reazioni emotive; era sempre vigile a cogliere inesattezze in un film. Acutissimo osservatore, notò – per citare un esempio fra tanti – che nell'archivio del Luce una sequenza era stata classificata come «sfilata di soldati della Repubblica sociale», mentre si trattava di una cerimonia militare avvenuta prima dell'8 settembre 1943. Dell'errore si accorse solo lui, anche se quella sequenza l'avevamo visionata cento volte. Aveva individuato, e ancora mi domando come, un dettaglio quasi invisibile in quella scena di massa: i militari avevano le «stellette» sulla divisa, e non il simbolo della RSI.

Questo, sommato a tanti altri simili episodi, sottolinea quanto lui – anche nei dettagli – considerasse primaria l'assoluta esattezza nel procedere delle immagini, e nel loro rapporto con il testo. Lo storico autore del commento e il regista erano per lui corresponsabili della precisione e quindi dell'onestà di un'opera di divulgazione dedicata alla storia.

Folco Quilici

Breve storia del fascismo

Il primo Mussolini

Un vecchio casolare a Varano dei Costa, nel villaggio di Dovia, frazione del comune di Predappio: qui il 29 luglio 1883, da Alessandro e Rosa Maltoni, nacque Benito Mussolini; e qui visse una infanzia in povertà nella casa paterna. Il giovane Mussolini dal '92 al '94 fu nel collegio dei Salesiani di Faenza, anni difficili per un adolescente passato dalla quasi totale libertà di Dovia a una rigida disciplina. Dopo l'influsso paterno, proprio negli anni trascorsi a Forlimpopoli, il giovane Mussolini si sarebbe avvicinato al socialismo militante.

Venne nominato maestro supplente agli inizi del marzo 1902 presso la scuola di Pieve Saliceto (frazione di Gualtieri Emilia, primo comune «rosso» d'Italia). Emigrò poi in Svizzera, spinto a tentar fortuna: «A diciannove anni» confesserà molto più tardi al suo biografo Emil Ludwig «si scrivono versi, e si vuol provare il mondo ... A quell'età si è ora entusiasti, ora scoraggiati. Soprattutto si è ribelli».

Dal luglio 1902 al novembre 1904, Mussolini fu in Svizzera; periodo breve, ma importante per la sua formazione, in continuo peregrinare da una città all'altra, nei più diversi lavori occasionali. E in difficoltà con le autorità elvetiche: due espulsioni (con il rischio di essere arrestato al suo arrivo in Italia come renitente alla leva), superate grazie all'aiuto di socialisti, radicali e anarchici del Canton Ticino.

All'intensa attività propagandistica, alla collaborazione ad alcuni periodici (da «L'avvenire del lavoratore» di Losanna al «Proletario» al settimanale sindacalista-rivoluzionario milanese «Avanguardia socialista», diretto da Arturo Labriola e Walter Mocchi) e allo studio presso la facoltà di Scienze sociali di Losanna, si sommò l'esperienza di stretti rapporti con personaggi come Angelica Balabanoff e gruppi di anarchici e sindacalisti rivoluzionari. Per un Mussolini, marxista solo all'acqua di rose, e diffidente di tutte le ideologie (socialismo compreso), il volontarismo dei sindacalisti rivoluzionari avrebbe per certi versi rappresentato la pratica ideale del socialismo.

Nel novembre 1904 Mussolini fece ritorno in Italia, dopo che la condanna come renitente alla leva era caduta in prescrizione in seguito a un'amnistia concessa per la nascita dell'erede al trono. Assegnato a un reggimento bersaglieri, per il suo contegno disciplinato ottenne una dichiarazione di buona condotta.

Dopo una nuova esperienza come maestro elementare a Tolmezzo (non meno negativa della prima), nel febbraio 1908 insegnò francese presso la scuola tecnica di Oneglia: qui diresse il settimanale socialista «La lima» sul quale la polemica anticlericale e contro il riformismo e una maggiore attenzione ai temi culturali avrebbero caratterizzato i suoi interventi.

Nel 1908, Mussolini prese parte a violente agitazioni nel Forlivese tra braccianti e mezzadri. Arrestato e processato, venne condannato a tre mesi di reclusione (ridotti in appello a dodici giorni). Dopo aver collaborato a «Pagine libere» e al repubblicano «Il pensiero romagnolo», Mussolini si trasferì nel febbraio 1909 a Trento, responsabile del Segretariato del lavoro. I contatti con Cesare Battisti e l'assidua lettura del «Leonardo» prima e della «Voce» poi, contribuirono ad affinare la sua preparazione culturale, e la coscienza di un problema nazionale trascurato dai socialisti rivoluzionari. La febbrile attività giornalistica, quella politico-sindacale, i contrasti fra socialisti e cattolici e le dure polemiche soprattutto con «Il Trentino», diretto da Alcide De Gasperi, portarono al suo arresto e all'espulsione, nonostante le proteste di esponenti politici trentini a Vienna e a Innsbruck e le interpellanze presentate a Montecitorio.

Il ritorno in Romagna avrebbe in pratica segnato il suo ingresso ufficiale nell'agone politico. Direttore, nel 1909, di «Lotta di classe» e segretario della Federazione socialista forlivese, si batté soprattutto contro il riformismo («Un grande cadavere» disse «da seppellire per dar vita a un nuovo partito socialista rivoluzionario»); posizione polemica emersa al congresso del partito di Milano (ottobre 1910) esplosa infine nel marzo 1911, per la «salita» di Bissolati al Quirinale per le consultazioni in vista di un'eventuale partecipazione socialista al governo. Il suo ruolo nelle agitazioni contro la guerra di Tripoli e nella mobilitazione e il successivo processo e la condanna (Mussolini a un anno di reclusione, Pietro Nenni a un anno e quindici giorni) lo avrebbero di fatto lanciato alla ribalta della vita politica nazionale.

Alla vigilia del XIII congresso del partito, a Reggio Emilia, Mussolini era quasi uno sconosciuto; inaspettato, dunque, il suo successo personale, cui avrebbero contribuito sia le sue capacità oratorie, sia l'appoggio di leader rivoluzionari. Mussolini agì con estrema abilità anche dietro le quinte dei lavori congressuali, con il risultato di far espellere dal partito «per gravissima offesa allo spirito della dottrina e alla tradizione socialista» i vari Bissolati, Bonomi, Cabrini, Podrecca; risultato che destò entusiastiche reazioni all'estero (dalla Francia alla Germania alla Russia, per bocca dello stesso Lenin).

Dopo una breve collaborazione a «La folla» – organo antimonarchico e anticlericale, antimilitarista e rivoluzionario – nel novembre 1912 Mussolini venne nominato direttore dell'«Avanti!». La violenza dei suoi articoli avrebbe allarmato uomini come Turati e Treves, che nel rivoluzionarismo mussoliniano (e nel successo che andava incontrando presso le masse) lamentavano il perdurare dell'illusione insurrezionista. Ma, arrivato a controllare l'intero partito, Mussolini smorzò i toni, anche in vista delle elezioni politiche, conclusesi con un notevole successo del Partito socialista (quasi un milione di voti e 53 deputati); successo che avrebbe ancor più rafforzato la sua leadership.

Forte anche dell'aumentata diffusione dell'«Avanti!» sotto la sua direzione (nel '13, tiratura media di 50.000 copie), Mussolini si presentò al congresso di Ancona apertosi il 26 aprile 1914, riscuotendo un vero e proprio trionfo, «esercitando sulle masse rivoluzionarie» così si scrisse in quei giorni «una potenza fascinatrice e trascinatrice ... con quella figura d'asceta, quella voce, quel gesto di persona quasi agitata sempre da un incubo». Eppure, la posizione di Mussolini venne messa in discussione per le ripercussioni della «settimana rossa» seguita all'eccidio di Ancona del 7 giugno dello stesso anno, quando la forza pubblica aveva sparato contro i partecipanti a un comizio pacifista, uccidendo due manifestanti. La «settimana rossa» spiazzò tutti i partiti italiani, organizzazioni operaie e Partito socialista compresi, dimostratisi incapaci di controllare le agitazioni popolari. Lo stesso Mussolini avrebbe invitato i lavoratori a desistere dallo sciopero generale, che nei giorni precedenti egli aveva sostenuto (anche per non esserne scavalcato).

Quando la possibilità di un conflitto europeo parve ineluttabile, la posizione di Mussolini non si sarebbe discostata da quella dei socialisti italiani e dell'Internazionale. *Abbasso la guerra!* si sarebbe intitolato un suo articolo sull'«Avanti!», con l'invito a rispolverare la vecchia parola d'ordine «Non un uomo! Né un soldo!». Gli sviluppi del conflitto – primo fra tutti l'aggressione tedesca al neutrale Belgio – mostrarono ben presto la debolezza della neutralità assoluta. Realtà non sfuggita a un Mussolini che, pur disorientato e ondeggiante, non poteva non rendersi conto che le più consapevoli avanguardie presenti nel Paese stessero volgendo verso una linea politica più realistica. Dal canto loro gli interventisti tentavano di attrarre Mussolini dalla loro parte, per conquistare il consenso delle masse presso le quali egli godeva tanto prestigio. Si trattava, per gli interventisti, di sfruttare i suoi crescenti dubbi, la sua promessa di non provocare rivolte o scioperi in caso di mobilitazione; e quel suo definire i socialisti «simpatizzanti» (e non contrari) in una guerra contro l'Austria.

Il sofferto approdo di Mussolini all'interventismo sarebbe

scattato il 18 ottobre 1914 con l'articolo *Dalla neutralità assoluta alla neutralità attiva ed operante*, sui pericoli che la neutralità assoluta avrebbe comportato per i socialisti, chiamati a prendere atto dell'esistenza dei problemi nazionali e a scegliere tra una politica delle «mani nette» (che li avrebbe condannati all'isolamento) e un'altra che consentisse loro di inserirsi nella vita pubblica del Paese e dello Stato.

Il Partito socialista respinse quell'appello. Mussolini si dimise da direttore dell'«Avanti!» e diede vita a «Il popolo d'Italia», che avrebbe subito conosciuto un successo strepitoso (dalle iniziali 30.000 copie si sarebbero toccate punte di 80.000). La reazione socialista culminò il 24 novembre con la proposta di espellerlo, confermata dalla direzione del partito, nonostante i tentativi della minoranza di opporsi al suo linciaggio morale; nonostante, soprattutto, l'eco delle parole con cui Mussolini stesso aveva riaffermato la propria fede socialista:

> Voi credete di perdermi. Voi vi illudete. Voi mi odiate perché mi amate ancora. Sono e rimarrò un socialista ... Ci divide una questione che turba tutte le coscienze ... Non crediate che io mi separi gaiamente da questa tessera. Strappatemela pure: ma non mi impedirete di essere in prima fila per la causa del socialismo.

Con la fondazione del «Popolo d'Italia» Mussolini aveva compiuto una scelta precisa in chiave rivoluzionaria, vedendo nella guerra la possibilità «levatrice» della rivoluzione; e in questa impostazione egli si sarebbe trovato in compagnia sia degli interventisti rivoluzionari che di quelli democratici, facendo del suo giornale un punto d'incontro.

Su Mussolini in guerra molto è stato scritto, con accenti varianti dall'esaltazione alla denigrazione, quando invece egli si comportò come un buon soldato. Cercò di partire volontario (richiesta inutile dal momento che la sua classe sarebbe stata richiamata in agosto).

Bersagliere, venne ferito gravemente nel '17 dallo scoppio di un lanciabombe e sarebbe stato promosso caporale per meriti di guerra. «Attività esemplare, qualità battagliere, serenità di mente, incuranza ai disagi, zelo, regolarità nell'adempimento dei suoi doveri, primo in ogni impresa di lavoro e di ardimento» si sarebbe letto – fra l'altro – nel suo fascicolo militare.

Smobilitato nel giugno 1917 per le conseguenze delle ferite, ripresa nel luglio '17 la direzione del «Popolo d'Italia», Mussolini cercò di assumere una posizione in linea con i gruppi interventisti più coerenti. Ma dopo Caporetto – superato lo choc – Mussolini prese coscienza dell'intrinseca debolezza dell'interventismo in sé, cercando di superarlo nel confuso concetto di «trincerismo» e «combattentismo». Non a caso *Trincerocrazia* si sarebbe intitolato un articolo, in cui avrebbe delineato lo scontro inevitabile tra «quelli che ci sono stati e quelli che non ci sono stati; quelli che hanno combattuto e quelli che non hanno combattuto; quelli che hanno lavorato e i parassiti».

Non più «quotidiano socialista» ma «quotidiano dei combattenti e dei produttori» sarebbe stato, a partire dal 1° agosto 1918, il sottotitolo del «Popolo d'Italia». Il tentativo di valorizzazione sociale della vittoria con l'articolo *Andate incontro al lavoro che torna dalle trincee*, apparso il 9 novembre '18, rifletteva l'illusione di fare dell'interventismo una piattaforma politica di rinnovamento sociale e di competizione col socialismo.

Nell'azione portata avanti verso i reduci, i «trinceristi» e gli ex combattenti, Mussolini avrebbe stretto legami in particolare con i futuristi e gli arditi, ai quali disse:

> Io vi ho difeso quando il vigliacco filisteo vi diffamava ... Rappresentate la mirabile giovinezza guerriera dell'Italia. Il baleno dei vostri pugnali o lo scrosciare delle vostre bombe farà giustizia di tutti i miserabili che vorrebbero impedire il cammino della più grande Italia.

Allontanandosi dalle illusioni wilsoniane non appena il presidente americano disconobbe i diritti dell'Italia («chiari e legittimi», consacrati da 460.000 morti), Mussolini si sarebbe presentato all'opinione pubblica borghese come uno dei più autorevoli interpreti delle posizioni antirinunciatarie e irredentiste.

In questo quadro si inserisce la fondazione dei Fasci di combattimento; avvenimento passato quasi inosservato (sulla stampa il maggiore rilievo venne dal «Corriere della Sera»); d'altra parte nemmeno Mussolini avrebbe potuto predire un futuro preciso a un movimento in cui avrebbe visto il mezzo per rinnovare, se necessario anche con «metodi rivoluzionari», una vita politica italiana sclerotizzata. Avrebbe scritto in quei giorni:

> Noi interventisti siamo i soli che in Italia hanno il diritto di parlare di rivoluzione ... Né la parola ci sgomenta come succede al mediocre pauroso che è rimasto col cervello al 1914. Noi abbiamo già fatto la rivoluzione. Nel maggio del 1915.

Cifre alla mano, la riunione del 23 marzo 1919 in piazza San Sepolcro a Milano non può certo considerarsi un successo (300 in tutto i presenti). Più importante, semmai, il quadro degli intervenuti: trinceristi, ex combattenti, interventisti rivoluzionari, futuristi, repubblicani, socialisti riformisti. Milano a parte, i Fasci non avrebbero avuto nel resto della penisola particolare sviluppo; realtà non sfuggita a Mussolini, piuttosto restio a impegnarsi più di tanto nella loro organizzazione, e deciso semmai a puntare al vecchio sogno del blocco delle sinistre interventiste. Solo quando il sogno si confermò tale, solo allora Mussolini si sarebbe acconciato a utilizzare quella modesta base politica per le proprie mire. Né si può certo dire che il programma dei Fasci brillasse per particolare originalità; era molto avanzato sul piano sociale, ma in realtà soltanto sulla carta, non avendo i Fasci la forza necessaria per estendere la loro influenza sulle masse operaie e contadine, né per erodere il fronte socialista (e quasi subito sarebbe apparsa chiara la discrepanza fra la «sinistra» del Fascio di Milano e quella di altri in altre zone del Paese).

Fallimento evidente sin dal 15 aprile 1919, quando l'assalto di fascisti e arditi alla sede milanese dell'«Avanti!» avrebbe di fatto reso incolmabile il solco tra fascisti e socialisti e, soprattutto, tra fascisti e masse proletarie.

Eppure un forte aiuto a Mussolini per tentare di agganciare i partiti e i gruppi della sinistra interventista sarebbe potuto venire dalla situazione internazionale; dall'infelice andamento delle trattative parigine di pace e dalla intransigenza degli alleati, in generale, e di Wilson in particolare, sulla questione di Fiume. Tema capace di far convivere gli interventisti di destra e di sinistra, ricreando, seppure per un breve periodo, la fittizia unità dell'interventismo. Lo stesso Mussolini, in un primo contatto epistolare con D'Annunzio il 1° gennaio 1919, si era dichiarato d'accordo con lui sulla necessità di non lasciar «mutilare» la vittoria.

Nei fatti Mussolini era però prudente nell'impegnarsi troppo con D'Annunzio, e non si fece invischiare più di tanto nella questione fiumana. Qualsiasi altro obiettivo – fosse un allargamento rivoluzionario dell'impresa legionaria o una sua estensione alla Dalmazia – gli sarebbe apparso troppo aleatorio. Di qui un continuo temporeggiare, che non sarebbe sfuggito a D'Annunzio stesso. Al quale rivolse l'invito a rinviare a dopo le elezioni generali di metà novembre qualsiasi tipo di agitazione; a dimostrazione di come ormai Mussolini ragionasse e si muovesse non più come rivoluzionario ma come uomo di Stato e non intendesse arrischiare avventure militari e rivoluzionarie di alcun tipo. Posizione che avrebbe personalmente ribadito al comandante a Fiume, dove egli si recò in volo.

Mussolini gestì così, come volle, i lavori del I congresso dei Fasci di combattimento; occasione per ribadire il suo possibilismo politico e istituzionale («Noi» avrebbe affermato «siamo degli antipregiudizialisti, degli antidottrinari, dei problemisti, dei dinamici; non abbiamo pregiudiziali né monarchiche né repubblicane»). Nel tentare di rilanciare una politica di accordo elettorale con gruppi e movimenti della sinistra interventista – con risultati deludenti –, alle elezioni del novembre 1919 i Fasci si trovarono un po' dovunque isolati. In alcune circoscrizioni finirono addirittura per non presentarsi, in altre aderirono a coalizioni di destra.

Inevitabile il tracollo elettorale, reso ancor più cocente dal successo del Partito socialista. Situazione critica, sarcasticamente fotografata dall'«Avanti!» del 18 novembre: «Un cadavere in stato di putrefazione fu ripescato stamane nel Naviglio. Pare si tratti di Benito Mussolini». Come se non bastasse, dopo alcune perquisizioni nelle sedi dei Fasci di combattimento e della redazione del «Popolo d'Italia» durante le quali furono sequestrate armi e documenti, egli venne arrestato, rimanendo tuttavia in carcere soltanto per un giorno.

Mussolini cercò di minimizzare l'entità della sconfitta e il successo socialista («Ci sono delle vittorie che schiacciano come le sconfitte» avrebbe scritto sul «Popolo d'Italia». «Queste sotto il peso delle rovine; quelle sotto il peso, talora più ingente, delle responsabilità»); ma i mesi successivi sarebbero stati per lui drammatici.

Gravi difficoltà economiche per il giornale (al punto che pensò di liquidarlo), forti polemiche all'interno dei Fasci; una situazione che avrebbe non poco contribuito al processo di conversione a destra del movimento, tra la fine del '20 e gli inizi del '21: allontanamento e defezioni degli elementi di sinistra, sostituiti da altri privi di una vera e propria ideologia (studenti, piccoloborghesi, ex combattenti), come tali più a loro agio in un movimento dall'ideologia confusa e dal vago programma. Dietro quegli «sbandati» si sarebbero avvicinati sempre meno timidamente ai Fasci gruppi sempre più numerosi di «benpensanti». Trasformazione suggellata al congresso del maggio 1920 a Milano, dove l'involuzione (trasparente dalle parole di Mussolini, con la sua rinuncia alla pregiudiziale repubblicana e l'apertura ai valori «tecnici e morali» della borghesia e al Vaticano) provocò critiche e contestazioni. Marinetti, fra tutti, denunciò il progressivo allontanamento dei Fasci dalle masse abbandonando subito, insieme ad altri futuristi, una simile congrega di «passatisti».

Per la scia di polemiche che ne sarebbero scaturite, fu ancora più alto il prezzo pagato sul finire del '20 con la posizione assunta di fronte al trattato di Rapallo alla conclusione dell'impresa fiumana; posizione che Mussolini avrebbe spiegato in un articolo sul «Popolo d'Italia» come imposta sia dalla situazione internazionale, sia dalla stanchezza morale del Paese; per cui lo stesso «Natale di sangue» fiumano gli sarebbe apparso come «il punto d'incrocio tragico fra la ragion di Stato e la ragione dell'Ideale». Più o meno convincenti siano state le spiegazioni (poco lo furono per D'Annunzio, per molti legionari e per alcuni fascisti), esse dimostrano con quanta duttilità e spregiudicatezza si muovesse Mussolini e chiariscono in fondo come egli fosse riuscito, in meno di un anno, a ribaltare gli effetti della *débâcle* elettorale, aiutato da contingenze favorevoli: l'atteggiamento di Giolitti nei confronti del fascismo e la vera e propria esplosione del fascismo agrario. A Mussolini era sin troppo chiaro come quello assegnato da Giolitti al movimento fosse un valore strumentale; per quanto riguarda il fascismo agrario, se aveva contribuito a promuovere i Fasci a movimento di portata nazionale, era evidente che i suoi caratteri peculiari poco avevano a che spartire con il fascismo mussoliniano. Quanto questo era dinamico, tanto quello era reazionario, borghese nel senso più gretto della parola.

Sembrò in un primo tempo che Mussolini riuscisse ad affermare la propria autorità sulla periferia, facendo accettare ai Fasci la via dei «blocchi nazionali» e agendo al contempo su D'Annunzio, verso il quale si appuntavano le simpatie e chissà quali attese del fascismo agrario e del sindacalismo fascista in particolare. Con lui ebbe il 5 aprile 1921 a Gardone un incontro interlocutorio, per studiarsi l'un l'altro ed evitare una rottura, a nessuno dei due conveniente. Tutto questo sarebbe servito a Mussolini per affrontare da posizioni di forza le elezioni politiche del 15 maggio, che in effetti portarono in Parlamento ben 275 deputati dei blocchi (di cui 45 tra fascisti e nazionalisti).

Il 2 agosto dello stesso anno la firma, nello studio romano del presidente della Camera Enrico De Nicola, di un «patto di pacificazione» tra fascisti e socialisti diede il via a una dura prova di forza tra Mussolini e i suoi avversari interni, tra le cui file emersero Dino Grandi e Roberto Farinacci: polemica fra chi intendeva procedere a oltranza con le azioni squadristiche contro le organizzazioni socialiste sino al loro annientamento (per spostare poi eventualmente l'attenzione contro quelle cattoliche e repubblicane) e vedeva quasi un tradimento dietro ogni ipotesi di pacificazione o di compromesso; e chi, come Mussolini, a quelle azioni squadristiche intendeva invece porre fine, o almeno un freno.

«Pena il suicidio,» avrebbe scritto sul «Popolo d'Italia» il 7 luglio «il fascismo deve essere riportato "al suo principio". E abbandonare la veste repressiva a difesa di taluni interessi particolari.»

Ad alcuni Fasci (quelli toscani e poi i veneti e gli emiliano-romagnoli) Mussolini rispose con durezza e abilità insieme. Anche con la minaccia: «Se il fascismo non mi segue, nessuno potrà obbligarmi a seguire il fascismo» avrebbe scritto; ribadendo:

> Il fascismo può fare a meno di me? Certo, ma anch'io posso fare a meno del fascismo. C'è posto per tutti in Italia: anche per trenta fascismi, il che significa, poi, per nessun fascismo.

Subito dopo l'adunata dei suoi avversari il 16 agosto a Bologna, le sue dimissioni (il 18) dalla commissione esecutiva dei Fasci furono la mossa che ebbe l'effetto di minare la già precaria unità dei suoi oppositori. Il «patto di pacificazione» rimase alla discrezione dei singoli Fasci, mentre la politica mussoliniana avrebbe conosciuto un'ancor più decisa sterzata a destra. Prima del congresso romano dell'Augusteo, Mussolini impegnò il suo tempo a preparare la trasformazione del fascismo in partito; la meno traumatica possibile per quanti vi avrebbero, non a torto, paventato l'accantonamento della prospettiva rivoluzionaria.

All'apertura dei lavori, il 7 novembre, i giochi erano già fatti; dei possibili alter ego di Mussolini, convintosi Grandi dell'inopportunità di uno scontro frontale con lui, non si intravedevano all'orizzonte; a parte il discorso di Grandi, importante sul piano personale ma ininfluente su quello politico, tipico sfogo di un «solitario», di un «romantico», come avrebbe scritto nel 1922 Guido De Ruggiero, il congresso dell'Augusteo toccò il suo culmine nell'abbraccio con cui Grandi e Marsich avrebbero cinto Mussolini. Scena melodrammatica che poneva termine, almeno per il momento, alle polemiche interne. E consegnava a Mussolini un'arma – il partito – con la quale tentare la conquista del potere.

Il fascismo al potere

Milano, tardo pomeriggio del 3 agosto 1922: dal balcone di palazzo Marino, sede del comune «a maggioranza socialista», da poche ore occupato dai fascisti, Gabriele D'Annunzio tiene un breve discorso alla folla che gremisce la piazza antistante. Parole che vorrebbero essere di pacificazione, di invito alla fraternità, in nome della nazione, pur nell'infuriare della passione di parte; ma, al termine di una giornata di violenze squadriste, esse vengono interpretate come un'adesione del poeta al fascismo.

Se la speculazione imbastita dai fascisti sarebbe apparsa chiara, benché tardivamente, allo stesso D'Annunzio, per gli squadristi l'intervento del poeta veniva a coronare degnamente una giornata per molti versi indimenticabile. In ballo c'era ben di più dell'esautoramento dell'amministrazione comunale socialista di Milano; si trattava di una vera e propria prova di forza, con le istituzioni così come con le organizzazioni politiche e sindacali di sinistra.

Fu lo stesso Mussolini (che aveva seguito da Roma le convulse vicende milanesi) a riportare gli squadristi con i piedi per terra, non essendo assolutamente disposto a lasciarsi coinvolgere in avventati colpi di testa. Se dalla scena politica era praticamente scomparso il movimento dei lavoratori, in rotta dopo il fallimento dello sciopero «legalitario» e lacerato da contrasti intestini, il fascismo doveva pur sempre misurarsi con le forze demo-liberali al governo. In questa situazione, sarebbe apparso subito chiaro come Mussolini volesse andare al potere (da solo o nell'ambito di una coalizione) non con un colpo di Stato o con una insurrezione, ma per via «parlamentare», lasciando magari come carta di riserva il ricorso alla forza.

Tale intendimento doveva tener conto della necessità da più parti rilevata – da Giolitti per primo al «Corriere della Sera» di Albertini, dai nazionalisti ai clerico-fascisti – di «costituzionalizzare» il fascismo: necessità dettata in gran parte dalla crisi che aveva colpito le organizzazioni di sinistra. Una crisi che non rappresentava comunque per il fascismo un fattore del tutto positivo: se la piccola e media borghesia si erano in passato appellate a esso contro la sinistra, una volta esaurita la minaccia rossa, il fascismo appariva meno «seducente» e quindi meno meritevole di sovvenzioni.

L'incertezza della situazione indusse Mussolini a una vera e propria girandola di contatti con vari leader – da Giolitti a Facta, da Nitti a Salandra a Orlando – giocando sulle loro notorie rivalità per non perdere alcun treno e poter scegliere, al momento opportuno, quello più conveniente. Le soluzioni prospettate presentavano pro e contro quasi in pari proporzioni; solo quella giolittiana, in fondo, era per i fascisti più «pericolosa» delle altre e Mussolini ben se ne sarebbe reso conto («Bisogna impedire a Giolitti di andare al governo. Come ha fatto sparare su D'Annunzio, farebbe sparare sui fascisti» sembra avesse affermato).

La via più agevole per ostacolare Giolitti era quella di agire sul presidente del Consiglio in carica, Luigi Facta, considerato un luogotenente dello statista piemontese, anche se non del tutto privo di autonome ambizioni. Né si può dimenticare il ruolo che, nella complessa situazione precedente alla Marcia su Roma, avrebbero giocato la monarchia e l'esercito.

Al di là delle diffidenze che avrebbero caratterizzato nel 1922 i rapporti fra Mussolini e Vittorio Emanuele III, è indubbio che Mussolini non poteva al momento permettersi di insistere sulla «tendenzialità» repubblicana, sia per non turbare gli equilibri interni del fascismo, sia soprattutto per non alienarsi le simpatie di un esercito per il quale il giuramento di fedeltà al re rappresentava un punto fermo e inderogabile. Meglio allora sacrificare quella «tendenzialità» sull'altare del successo della «rivoluzione fascista» e del «patriottismo nazionale», facendo comunque pesare (in una sorta di larvato ricatto) tale sacrificio alla monarchia stessa. Una mossa sintomatica del tatticismo e del possibilismo mussoliniani, in una fase così complessa come quella dei preparativi della Marcia su Roma.

Le incertezze, in quella fase preparatoria, non mancavano, prima fra tutte quella circa l'atteggiamento dell'esercito, verso il quale il fascismo condusse un'accorta campagna di sensibilizzazione per guadagnarsene, se non l'appoggio, almeno la neutralità. Una campagna che diede risultati inferiori alle attese, ma che diffuse nell'opinione pubblica le idee, entrambe false, di un esercito ostile o complice del fascismo.

Né meno importante risultò l'azione condotta da Mussolini nei confronti del mondo economico, che ancora nutriva per il fascismo (e la sua ala sindacalista in particolare) una certa diffidenza che si poteva tuttavia superare sia con decisi pronunciamenti a favore di una politica liberistica, sia con la pubblicazione, sul finire dell'agosto 1922, del nuovo programma economico-finanziario fascista, redatto da Massimo Rocca e Ottavio Corgini.

L'ultimo ostacolo da superare per mettere fuori gioco Giolitti restava il tempo, e in questa manovra Mussolini poté contare sul decisivo aiuto di Facta. Ufficialmente pronto a «passare la mano» a Giolitti, Facta sarebbe caduto nella rete tesagli da Mussolini, illudendosi di potere in prima persona «costituzionalizzare» il fascismo, ricorrendo magari al nome di D'Annunzio per dare vita a un grande «ministero nazionale» in grado di ridimensionare il fascismo stesso. Un calcolo che Mussolini mandò in fumo, riuscendo a «neutralizzare» D'Annunzio nel corso di un incontro a Gardone l'11 ottobre, in cui fece leva su un accordo tra la Federazione italiana dei lavoratori del mare, diretta da Giuseppe Giulietti e protetta dal poeta, e il Partito nazionale fascista.

L'accordo, pur destando non pochi malumori negli stessi ambienti fascisti (in particolare in quelli legati agli armatori), fu in realtà un ben misero prezzo che lasciò mano libera a Mussolini e lo sottrasse una volta per tutte all'incomoda «ombra» di D'Annunzio.

Non a caso, subito dopo l'incontro di Gardone, Mussolini prese la decisione di passare all'azione, pur con alcune residue incognite legate all'enigmatico atteggiamento del re e, soprattutto, all'impreparazione militare e all'indisciplina del fascismo stesso. Aveva particolarmente fretta, Mussolini, perennemente ossessionato dallo «spettro» di Giolitti, al punto di opporsi ai tentativi (soprattutto di De Vecchi) di procrastinare l'azione. Nulla comunque trapelò dal Consiglio nazionale del Partito nazionale fascista, riunito il 24 ottobre a Napoli, tantomeno dal discorso inaugurale di Mussolini, quantomai abile nel non allarmare governo e forze politiche. Una vera e propria commedia, quella recitata all'ombra del Vesuvio dai fascisti, chiusa il 25 da Michele Bianchi con la famosa frase: «Insomma, fascisti, a Napoli ci piove; che ci state a fare?».

Il quadrumvirato (Bianchi, Balbo, De Bono e De Vecchi) da Perugia avrebbe assunto tutti i poteri, la mobilitazione avrebbe avuto inizio il 27 mentre il 28, una volta occupate le località chiave, sarebbe iniziata la Marcia su Roma vera e propria.

Le squadre di camicie nere si sarebbero concentrate a Santa Marinella, Monterotondo, Tivoli e Foligno: in tutto circa 25-30.000 uomini dotati di un mediocre armamento e piuttosto disarticolati quanto a disciplina militare. Di fronte a loro, a difesa di Roma, c'erano 28.400 soldati dell'esercito al comando del generale Emanuele Pugliese, in teoria in grado di bloccarli e di condannare al fallimento la marcia fascista.

Non meno importante di quella militare fu la contemporanea manovra politica tendente a provocare la caduta del governo Facta e la formazione di un nuovo gabinetto. Tutto avvenne secondo gli auspici di Mussolini (che molto prudentemente avrebbe seguito l'evolversi della situazione da Milano, prima di arrivare in treno a Roma la mattina del 30 ottobre), ma meno linearmente di quanto potesse apparire in superficie.

Il pericolo di un ricorso allo stato d'assedio aleggerà nelle convulse ore tra il 27 e il 28 ottobre, sventato soltanto dalla circostanza che Vittorio Emanuele – in un primo momento favorevole a firmare il relativo decreto sottopostogli da Facta – avesse improvvisamente fatto marcia indietro, preoccupato forse dall'atteggiamento (notoriamente filofascista) del duca d'Aosta, ma più ancora dalla posizione dell'esercito.

Più o meno tutti i militari da lui incontrati in quelle ore (dai generali Diaz, Pecori Giraldi, Giardino al grande ammiraglio Thaon di Revel), pur rassicurandolo sulla fedeltà dell'esercito, avevano però sostenuto che sarebbe stato bene «non metterlo alla prova». Non solo, ma la situazione venutasi a creare dopo le dimissioni di Facta avrebbe rafforzato l'intransigenza di Mussolini, contrario a qualsiasi soluzione della crisi che non fosse integralmente fascista. Di fatto, Vittorio Emanuele si vide costretto ad affidare a Mussolini, il 30 ottobre, l'incarico di formare il nuovo governo.

In questo compito Mussolini si mosse con abilità e opportunismo, evitando innanzitutto di rimanere prigioniero dei suoi e dei nazionalisti (anche per non dare l'impressione di «abusare della vittoria») e aprendo al contempo alle «intelligenze e competenze migliori che vantasse l'Italia, senza preconcetti ed ostracismi di parte» (un esempio fra tutti, quello di Giovanni Gentile, chiamato a guidare il ministero dell'Istruzione pubblica).

Mussolini cercò anche di non farsi condizionare dalle segreterie dei partiti nella scelta dei ministri e di allargare la base del governo, pensando di inserirvi popolari e sindacalisti confederali. Se la trattativa con i popolari non presentò soverchi ostacoli (determinando di fatto le prime incrinature al loro interno), una vera e propria levata di scudi di nazionalisti e di squadristi (soprattutto «i soliti squadristi toscani» che Mussolini odiava al punto da dire che se tutto il fascismo fosse stato come quello «lo avrebbe strozzato con le proprie mani») vanificò le *avances* di Mussolini ai rappresentanti sindacali Gino Baldesi e Bruno Buozzi.

Stava quasi per riproporsi la prova di forza dell'estate 1921 tra gli intransigenti del fascismo provinciale e Mussolini; il quale, al momento, non poteva però correre rischi e si vide perciò costretto a «rimandare» (almeno nelle sue intenzioni) a miglior data quell'ambizioso proposito. Senza confederali, la lista dei ministri sottoposta nella tarda serata del 30 ottobre al re comprendeva (oltre ovviamente a Mussolini, che avrebbe ricoperto *ad interim* anche gli Interni e gli Esteri), tre fascisti (Oviglio alla Giustizia, De Stefani alle Finanze e Giuriati alle Terre liberate), due popolari (Tangorra al Tesoro e Cavazzoni al Lavoro), due militari (Diaz alla Guerra e Thaon di Revel alla Marina), due democratici (Carnazza ai Lavori pubblici e Teofilo Rossi all'Industria e commercio), un nazionalista (Federzoni alle Colonie), un demosociale (Colonna di Cesarò alle Poste), un liberale (De Capitani all'Agricoltura), un indipendente (Gentile all'Istruzione).

Nella presa del potere Mussolini e il fascismo erano stati indubbiamente favoriti, a livello di opinione pubblica, da un generale clima di stanchezza: iniziato con tre anni e mezzo di guerra, era proseguito con due anni di violenze «rosse» e altri due di reazione fascista; ce n'era d'avanzo per auspicare un periodo di pace e rimettersi a chiunque la procurasse e in qualsiasi modo.

In effetti qualche miglioramento non sarebbe tardato sia nel campo dell'ordine pubblico sia, molto più lentamente e settorialmente, in quello economico; quanto bastava, comunque, per far passare in secondo piano i motivi di scontento, vecchi o nuovi che fossero; o per non far riflettere sul prezzo di quei miglioramenti.

Le maggiori difficoltà, almeno all'inizio, a Mussolini e all'azione del suo governo non vennero dall'esterno, ma dal fascismo stesso, da quegli squadristi per i quali lo sbocco della Marcia su Roma era stato assolutamente insoddisfacente.

Contrari a qualsiasi «costituzionalizzazione» e «parlamentarizzazione» del fascismo, gli intransigenti criticavano la collaborazione, a livello governativo, con i «vecchi» partiti (soprattutto i popolari) e il fatto che, in periferia, fossero rimasti al loro posto i vari questori e prefetti compromessi con il vecchio regime. Non solo crearono quindi resistenza all'ordine di smobilitazione, ma diedero il via a una serie di violenze incontrollate contro veri o supposti avversari, assumendo posizioni che dalla semplice indisciplina sarebbero spesso sconfinate nella dissidenza.

Difficoltà vennero anche dall'ala sindacalista di Edmondo Rossoni, preoccupata sia per le aperture mussoliniane ai confederali, sia per gli ostacoli incontrati sulla strada della realizzazione del «sindacalismo integrale». E anche da destra non sarebbero mancate lamentele per pericoli da cui si vedeva continuamente minacciato l'istituto monarchico, unico vero baluardo della legalità.

La situazione, già confusa, fu acuita dalla vera e propria proliferazione di iscritti al fascismo (dai 300.000 circa dell'ottobre 1922 ai quasi 783.000 della fine del 1923); fenomeno evidente soprattutto nel Mezzogiorno e nelle isole, un tempo refrattari alla propaganda fascista, ora invece opportunisticamente attratti dalla possibilità di perpetuare posizioni di potere politico ed economico.

Una posizione intermedia, tendente ad affiancare la politica di Mussolini e a tenerlo al tempo stesso sotto controllo, a mantenere la disciplina interna e a stornare le manovre della destra liberale e dei nazionalisti, fu assunta da Farinacci; un appoggio, comunque, ambiguo: non escludeva, infatti, quanto proprio il ras di Cremona avrebbe definito la «seconda ondata» rivoluzionaria.

Mussolini fu tuttavia abile nel tenere a bada gli pseudorivoluzionari che rischiavano di compromettere i risultati insperati sin lì raggiunti (molti anni più tardi avrebbe parlato di «zavorra», «malgrado la quale ho fatto la rivoluzione»). Per meglio controllare il partito, decise l'istituzione del Gran Consiglio del fascismo e della Milizia volontaria per la sicurezza nazionale (incontrando diffidenze negli ambienti militari e soprattutto tentativi di boicottaggio da parte dello squadrismo).

Nei confronti degli altri partiti – fossero alleati di governo o all'opposizione – Mussolini usò alternativamente il bastone e la carota. Alla Camera, sin dal suo primo discorso come capo del governo, il 16 novembre 1922, egli mostrò il viso feroce, dosando abilmente – sul bilancino dell'oratoria – la pacatezza e la minaccia:

> Mi sono rifiutato di stravincere e potevo stravincere. Mi sono imposto dei limiti. Mi sono detto che la migliore saggezza è quella che non si abbandona dopo la vittoria. Con trecentomila giovani armati di tutto punto, decisi a tutto e quasi misticamente pronti a un mio ordine, io potevo castigare tutti coloro che hanno diffamato e tentato di infangare il Fascismo. Potevo fare di questa aula sorda e grigia un bivacco di manipoli: potevo sprangare il Parlamento e costituire un governo esclusivamente di fascisti. Potevo: ma non ho, almeno in questo primo tempo, voluto.

Più rassicurante si mostrò invece al Senato; chiaro segno di come i possibili «brutti scherzi» potessero venire solo da Montecitorio (dove il governo ottenne la fiducia con 306 voti favorevoli, 116 contrari e 7 astenuti, contro i soli 19 voti contrari a palazzo Madama).

Per quanto riguarda poi i partiti inclusi nella maggioranza governativa, la tattica di Mussolini oscillò fra il loro travaso *tout court* nel fascismo (così sarebbe accaduto per i nazionalisti), il loro svuotamento alla periferia e una messa in crisi al centro (come accadde con i popolari). In questo secondo caso il lavoro si rivelò più lungo e complesso, dovendo egli vincere le resistenze della maggioranza del Partito popolare guidata da Sturzo che Mussolini riuscì a indebolire iniziando, dal gennaio 1923, un progressivo avvicinamento al Vaticano.

Il fascismo sembrava così avviato verso la tante volte promessa «normalizzazione», per quanto talora frenata dalle intemperanze del «giovanile» entusiasmo fascista. Ma tutto questo non poteva bastare a Mussolini; proprio il logoramento delle altre forze politiche lo avrebbe infatti indotto a modificare la legge elettorale per riuscire ad assicurarsi – attraverso nuove elezioni – la propria maggioranza.

L'incarico di stendere il disegno di legge per la riforma elettorale, che introdusse il collegio unico nazionale con sistema maggioritario e rappresentanza proporzionale per le minoranze, fu affidato al sottosegretario alla presidenza Giacomo Acerbo (dal quale la legge prese poi nome).

Superato lo scoglio dell'opposizione dei popolari e dopo assicurazioni fornite dallo stesso Mussolini sulla volontà del fascismo di non abolire il Parlamento ma, anzi, di «migliorarlo, perfezionarlo, correggerlo, farne una cosa seria, se è possibile, una cosa solenne», l'iter parlamentare della legge fu rapidissimo: il 21 luglio la Camera l'approvò a larga maggioranza, con 223 voti contro 123.

Ancora una volta quel successo si doveva alla particolare abilità con la quale Mussolini, una settimana circa prima del voto a Montecitorio, aveva impostato la questione. Chi si attendeva un Mussolini intransigente e minaccioso, pronto ad aprire le «chiuse» della «seconda ondata», rimase meravigliato e disorientato dalle sue aperture verso l'opposizione, dalla calma e moderazione con cui – pur accennando, quasi di sfuggita, allo scioglimento della Camera se essa non avesse approvato la nuova legge elettorale – avrebbe invitato tutti a evitare qualsiasi ulteriore scollamento fra il Parlamento e «l'anima della nazione», a non irrigidirsi «nella coerenza formale dei partiti», a non afferrarsi a «delle pagliuzze come possono fare dei naufraghi nell'oceano credendo inutilmente di salvarsi».

Il disorientamento che quelle parole provocarono un po' in tutti i settori – primi fra tutti i popolari – favorì la rapida discussione e approvazione della legge e incoraggiò anzi l'intransigenza di Mussolini sul quorum che avrebbe fatto scattare il «premio di maggioranza» (non oltre il 25 per cento, rispetto al 40 richiesto dai popolari).

Tranquillizzato sul fronte legislativo, Mussolini si accinse, da ben altre posizioni di forza, al compito di riportare ordine e disciplina all'interno dello stesso Partito fascista, costringendo gli intransigenti a desistere una volta per tutte dalle violenze commesse un po' in tutta Italia, anche a danno dei popolari (il 24 agosto, ad Argenta, nel Ferrarese, sarebbe stato ucciso don Minzoni).

In un certo senso, comunque, anche quelle violenze estremistiche avrebbero fatto il gioco di Mussolini, consentendogli di presentarsi all'opinione pubblica come un primo ministro costituzionale, avviato alla difficile opera di «normalizzazione», e come un moderato all'interno del fascismo, più vicino ai revisionisti di Massimo Rocca che agli intransigenti. Nello stesso tempo con il «patto di palazzo Chigi», stipulato il 19 dicembre 1923 tra i sindacati fascisti e la Confindustria, rassicurò il mondo economico, con il quale il fascismo avrebbe raggiunto un *modus vivendi*, con lo scopo ufficiale di «armonizzare» – pur nella sostanziale autonomia delle due organizzazioni – «la propria azione con le direttive del governo nazionale».

Un tassello in più per il mosaico della propria immagine, quale Mussolini stava abilmente costruendo presso l'opinione pubblica; immagine positiva alla quale avrebbero soprattutto contribuito, tra la fine dell'agosto del 1923 e il gennaio 1924, alcuni successi conseguiti in politica estera.

Sul piano diplomatico la durissima reazione del governo Mussolini all'incidente di Corfù (dove il 27 agosto 1923 il generale Tellini e alcuni ufficiali italiani, incaricati dalle potenze alleate di delimitare i confini greco-albanesi, erano stati trucidati) si rivelò piuttosto infelice; sul piano del prestigio interno, però, l'energia dimostrata nell'occasione produsse un'ottima impressione sia nei partiti fiancheggiatori, sia – soprattutto – nella maggioranza dell'opinione pubblica.

Meno demagogica, meglio studiata sul piano politico-diplomatico, fu la soluzione data all'annosa questione di Fiume. Le trattative avviate nel settembre con il governo di Belgrado sarebbero culminate il 27 gennaio 1924 con la firma, a Roma, da parte di Mussolini e del ministro degli Esteri iugoslavo Pasić, di un accordo in base al quale Fiume fu attribuita all'Italia, mentre alla Iugoslavia sarebbero andati parte del contado e Porto Baross. Soluzione realistica, che non avrebbe mancato di attirare nuovi consensi, all'interno, intorno al fascismo e a Mussolini in particolare.

Il delitto Matteotti e l'Aventino

Un plebiscito nazionale a favore della politica del governo fascista: era questo l'obiettivo che Mussolini intendeva perseguire con la consultazione elettorale del 6 aprile 1924. La cui preparazione vedeva impegnati, ancor prima dello scioglimento della Camera, il 25 gennaio 1924, non solo il Partito fascista, ma anche le opposizioni, a lungo tentate da un orientamento astensionistico, visto che – dopo l'approvazione della legge elettorale Acerbo – i risultati erano praticamente scontati a favore del fascismo.

Un orientamento che coinvolse un po' tutti i partiti (comunisti esclusi), dal PSI alla sinistra del Partito popolare, dagli amendoliani al gruppo del «Mondo»; e ne fu all'inizio contagiato lo stesso Giacomo Matteotti, leader del Partito socialista unitario, che poi preferì non farsi trascinare dal clima di timore e di sfiducia aleggiante tra i socialisti, vedendo anzi nell'astensione «un mezzo per scappare, per sottrarsi alla realtà».

Gradualmente rientrati i propositi astensionistici delle opposizioni, di fronte all'impossibilità di dar vita a un compatto blocco antifascista, Mussolini rivolse una particolare attenzione a quelle forze liberaldemocratiche il cui atteggiamento politico appariva indeciso e fluttuante, con il proposito di assorbirle nel «listone» ministeriale o di isolarle.

L'attenzione, in realtà, era rivolta non tanto ai partiti quanto agli uomini disposti a dare la «loro attiva e disinteressata collaborazione» al fascismo, «restando bene inteso che la maggioranza deve essere riservata al nostro partito». Un invito che sottintendeva la volontà di «svuotare» i partiti tradizionali, ma al quale per vari motivi, ora nobili, ora di puro opportunismo, molti non si sottrassero. Dando così vita a quella che Cesare Rossi definì una «fiera campionaria degli aspiranti» a entrare nel «listone» o nelle liste «parallele». Gli aspiranti furono più di tremila, dai quali non sarebbe stato facile selezionare i 157 nomi per le liste definitive.

Nonostante Mussolini avesse tutto l'interesse a che la campagna elettorale si svolgesse nella maniera più calma possibile, essa fu in realtà contrassegnata da violenze non soltanto contro i fascisti dissidenti, ma anche contro vari oppositori, dai popolari ai democratici. Una campagna elettorale, per dirla con Giolitti, condotta con metodi di lotta «indegni di un Paese civile» e in cui vi furono responsabilità – più o meno dirette – dello stesso Mussolini.

Alle elezioni parteciparono oltre 7 milioni e mezzo di votanti. Il «listone» e una lista «bis», anch'essa presentata dal Partito nazionale fascista, ebbero il 66,3 per cento dei voti validi e 374 deputati su un totale di 535. Un successo superiore alle stesse previsioni, ma che a un'analisi più accurata presentava qualche sfasatura, essendo il fascismo risultato più forte al Sud, dove più numerosi erano i simpatizzanti dell'ultima ora, che al Nord.

Soltanto repubblicani e comunisti, tra le forze di opposizione, ottennero un miglioramento rispetto alle elezioni del 1921. Riconoscimento alla coerenza con cui si erano battuti, anche sul piano della violenza fisica, contro il fascismo.

Il successo elettorale – incontestabile al di là del peso che vi avrebbero avuto violenze e intimidazioni – fornì a Mussolini una sua maggioranza e gli consentì di compiere una grande operazione trasformistica di tipo giolittiano sul centro-destra, approfittando del progressivo svuotamento e delle contraddizioni interne delle forze liberaldemocratiche, demosociali e popolari.

In un certo senso, quindi, il fascismo rimaneva «scoperto» sul lato sinistro dove i partiti «socialcomunisti», pur indeboliti, non erano usciti disfatti dalle elezioni. Anche la confederazione sindacale – pur salassata a livello di iscritti – era ancora il punto di riferimento del proletariato industriale; e questo grazie anche alla politica dei sindacati fascisti, ondivaga tra l'acquiescenza ai datori di lavoro e soprassalti demagogici.

Verso sinistra Mussolini avrebbe potuto compiere una operazione di aggancio (impeditagli nel 1922 dagli intransigenti e dai nazionalisti) attraverso un accordo con i confederali, l'unità sindacale e la partecipazione, a titolo non politico ma tecnico-personale, di qualche esponente della CGL al governo; operazione che, in un sol colpo, avrebbe rilanciato il sindacalismo fascista, rafforzato la posizione del governo di fronte al mondo economico e messo in crisi i partiti di sinistra.

In effetti, subito dopo le elezioni del 1924, Mussolini prese in seria considerazione una ipotesi del genere, sfruttando le tendenze collaborazioniste emerse da tempo all'interno del Partito socialista e della CGL.

Contro tali tendenze si batté decisamente Matteotti, sino al suo ultimo discorso alla Camera, il 30 maggio 1924; una battaglia tragicamente troncata dal suo rapimento, il 10 giugno, nei pressi della sua abitazione romana, a opera di sicari guidati da Amerigo Dumini. Sul luogo sorge oggi un monumento alla memoria di Matteotti; il traffico intenso del nostro tempo contrasta con l'aspetto periferico che aveva questo quartiere negli anni Venti, così come lo evoca un film che ricostruisce il *Caso Matteotti*.

L'impressione destata dalla scomparsa del deputato socialista fu vivissima, a livello politico e di opinione pubblica, e il sospetto che Mussolini vi fosse in qualche modo implicato fu pressoché generale; né a stornarlo – per i contemporanei come per i posteri – valsero le sue assicurazioni sulla volontà del governo di far luce sull'avvenimento e di consegnare alla giustizia i colpevoli (Dumini fu arrestato la sera del 12 giugno alla stazione Termini, in procinto di partire per Milano).

Né Mussolini risultò più convincente nel pomeriggio del 13 giugno alla Camera, quando sostenne:

> Se c'è qualcuno in quest'aula che abbia diritto più di tutti di esser addolorato e aggiungerei esasperato, sono io. Solo un mio nemico, che da lunghe notti avesse pensato a qualche cosa di diabolico, poteva effettuare questo delitto che oggi ci percuote di orrore e ci strappa grida di indignazione.

Quelle affermazioni risuonavano in una Camera abbandonata dalle opposizioni; la decisione, prodromo della «secessione dell'Aventino» (che rievocava il ritiro su quel colle della plebe romana in lotta contro il patriziato), era stata presa il giorno precedente e per certi versi risultò utile a Mussolini, che poté affrontare la crisi montante senza almeno doversi guardare da possibili intralci parlamentari, dal momento che il presidente della Camera, Alfredo Rocco, ne aggiornò i lavori *sine die*.

Indubbio vantaggio concesso dalle opposizioni al governo, come riconobbe subito lo stesso Turati (poi peraltro segnalatosi tra i più decisi aventiniani) scrivendo il 14 giugno alla Kuliscioff:

> Non ti dico come sono pentito del nostro gesto ... il ministero, più furbo di noi, ne profittò subito per liberarsi della Camera per sette mesi. E la Camera voleva dire la sola tribuna possibile, la sola trincea, il solo controllo.

In realtà quell'analisi di Turati evidenziava soltanto un aspetto del problema dell'Aventino, innegabile ma non decisivo. In linea di principio la decisione assunta il 12 e 13 giugno dalle opposizioni di astenersi dai lavori parlamentari, oltre che moralmente ineccepibile, rappresentò al momento un chiaro sintomo di come lo sdegno antifascista fosse generalizzato; un atto che all'interno del Paese e all'estero suscitò indubbiamente una grande impressione, a livello politico non meno che a quello dell'opinione pubblica. Non a caso lo stesso Togliatti, qualche mese più tardi, avrebbe ammesso che se i comunisti non avessero in quel momento aderito all'iniziativa delle opposizioni, avrebbero rischiato di rimanere isolati dalle masse.

L'errore di fondo delle opposizioni non fu quello di aver consentito a Mussolini di aggiornare *sine die* i lavori della Camera, quanto di essersi isterilite nella «protesta morale», di aver «istituzionalizzato» l'Aventino senza comprendere la necessità di passare a una seconda fase, più propriamente politica, l'unica attraverso la quale si sarebbero potute creare le condizioni per l'abbattimento del governo Mussolini e l'eliminazione del fascismo. Una fase che presupponeva il raggiungimento di un accordo politico il più vasto possibile, tale da coinvolgere anche forze che fossero fino a quel momento (più o meno *obtorto collo*) scese a compromesso con il fascismo; si trattasse di esponenti politici liberali come Giolitti, Salandra, Orlando, Tittoni, oppure dei nazionalisti e della stessa monarchia.

In questo senso la prospettiva forse più praticabile era quella di un governo Giolitti, benché il vecchio statista piemontese si fosse fin dall'inizio dichiarato contrario all'Aventino, vedendovi uno sbaglio, un tradimento, un atto di viltà, di diserzione; maggiore rilevanza politica avrebbero potuto avere le dimissioni in massa dei deputati, che potevano provocare un intervento della Corona. Avrebbe dichiarato Giolitti all'inizio dell'Aventino: «L'onorevole Mussolini ha tutte le fortune politiche. A me l'opposizione ha sempre dato fastidi e travagli, con lui se ne va e gli lascia libero il campo».

Nonostante questo, Giolitti avrebbe potuto accettare di intervenire per proporsi come salvatore della libertà italiana, a capo magari di un governo ponte, in vista della formazione di un esecutivo molto più spostato a sinistra; prospettiva cui le forze liberali e nazionali, nonché quelle economiche – propense semmai a una «normalizzazione» del fascismo affidata allo stesso Mussolini – ben difficilmente si sarebbero acconciate. Se con tali presupposti si dimostrarono scarse le possibilità di dar vita a un governo Giolitti, ancora minori sarebbero apparse quelle legate ad altri nomi, come Salandra e Orlando, su cui l'eterogeneo schieramento aventiniano si sarebbe ulteriormente diviso. Il risultato finale fu pertanto quello di isterilire le prospettive politiche dell'opposizione aventiniana, votatasi ormai alla scelta di un atteggiamento di attesa e di non compromissione che avrebbe finito per esaurirla, scoraggiando l'opinione pubblica e offrendo a Mussolini e al governo – pur in mezzo alle gravi difficoltà del momento – un po' di respiro. La protesta esclusivamente morale dell'Aventino – tanto nobile quanto sterile politicamente – in ultima analisi finì col fare il gioco del fascismo, consentendogli di superare l'*impasse* del momento (e non valsero i tentativi dello stesso Giolitti e di Sturzo di convincere gli aventiniani a tornare a Montecitorio).

Se dalla Camera il fascismo non aveva per il momento niente da temere, la sua posizione si faceva tuttavia di giorno in giorno difficile per il generale clima di commozione e tensione presente nel Paese; una situazione che, era convinzione anche dei comunisti, non preludeva comunque a sviluppi rivoluzionari. Nonostante ciò, un clima di incertezza sfociante a volte nel panico dominava la maggioranza governativa, creando intorno a palazzo Chigi un pesante senso di isolamento, in una corsa al palleggiamento delle responsabilità, in un continuo «scaricabarile» con cui un po' tutti cercavano di coinvolgere Mussolini e di accreditare la tesi generica del «delitto di regime».

Il fascismo della «dodicesima» e della «tredicesima» ora non resse alla tensione di quei giorni, ma in compenso lo «zoccolo duro» tosco-emiliano fece quadrato, dando così modo a Mussolini di superare il primo momento di profondo abbattimento e di cercare una via d'uscita alla situazione.

Per quanto la parola potesse essere invisa ai fascisti intransigenti, bisognava ora più che mai puntare a una «normalizzazione» che, pur non implicando sostanziali concessioni – il processo al «regime», nuove elezioni, scioglimento della Milizia – desse all'opinione pubblica l'impressione che si voleva veramente fare giustizia. Per rafforzare tale impressione, niente di meglio che «decapitare» alcuni personaggi additati, più o meno a ragione, come compromessi con l'aggressione a Matteotti: da Cesare Rossi (capo ufficio stampa della presidenza del Consiglio) al sottosegretario agli Interni Aldo Finzi, da Arturo Fasciolo (segretario particolare di Mussolini) al capo della polizia Emilio De Bono.

Un «sacrificio» che si tentò di far passare ai diretti interessati come «necessità tattica del momento». Quando però subentrò in essi il timore di poter fungere da capri espiatori di tutta la vicenda, la loro reazione (soprattutto quella di Rossi) fu quanto mai minacciosa, ai limiti del ricatto. Memoriali, lettere, contatti con le opposizioni si sarebbero susseguiti gli uni agli altri, allo scopo di smentire la «comoda» tesi di un delitto ordito dai collaboratori di Mussolini a sua insaputa.

Quel «sacrificio», in ogni modo, unitamente ad altre abili mosse di Mussolini come la cessione del portafoglio degli Interni al nazionalista Federzoni, ben visto a Corte, gli consentivano di affrontare con minor timore l'importante voto del Senato; «battaglia pericolosa», l'avrebbe egli stesso definita, conclusasi comunque a suo favore il 26 giugno, dopo due giorni di dibattito: 225 voti favorevoli, 21 contrari e 6 astenuti.

Un voto «prudente o patriottico», secondo Benedetto Croce (che aveva votato la fiducia); per Mussolini un successo, una forte «carta di credito», soprattutto nei confronti della Corona, che tornò utile al momento del rimpasto di governo dove i dimissionari Gentile, Carnazza e Corbino furono sostituiti dai liberali salandrini Casati e Sarrocchi (all'Istruzione e ai Lavori pubblici) e dall'ex popolare Nava all'Economia nazionale; mentre l'ex nazionalista Lanza di Scalea prese il posto di Federzoni alle Colonie. Con gli otto nuovi sottosegretari, una vera e propria «informata» di elementi moderati e monarchici nel governo.

La «normalizzazione» non si limitò a questo, dal momento che il 1° agosto fu stabilito di dichiarare la Milizia volontaria per la sicurezza nazionale parte integrante delle forze armate dello Stato; una misura che non migliorò granché la posizione di Mussolini e del fascismo. Si verificò invece una progressiva presa di distanza da parte degli ambienti burocratici e di quelli combattentistici, mentre si sarebbe acuita la diatriba all'interno del fascismo stesso tra i moderati e i normalizzatori a oltranza e i vecchi squadristi intransigenti (inneggianti sempre più frequentemente a Farinacci piuttosto che a Mussolini).

Mussolini cercò di barcamenarsi tra i due schieramenti, tentando di porre un freno alle montanti polemiche – soprattutto di Curzio Suckert Malaparte sulla «conquista dello Stato» – circa la necessità di superare l'antitesi tra il fascismo storico «provinciale» e quello politico «romano» (a favore ovviamente del primo); infine, spinto dagli eventi, sembrò avvicinarsi agli intransigenti.

Se gli oppositori del fascismo intendevano per normalizzazione non tanto la tutela dell'ordine pubblico e la repressione dell'illegalismo, quanto un vero e proprio processo al «regime», il fascismo non poteva essere a essa favorevole. La durezza con cui il fascismo reagì alle opposizioni risultò anche dalla posizione assunta sugli sviluppi processuali del delitto Matteotti: si puntò a escludere qualsiasi coinvolgimento di Mussolini o del fascismo, e si reagì contro quanti si erano «impadroniti di un morto e lo [andavano] agitando macabramente innanzi alle folle per rifarsi una verginità politica e morale». Tant'è vero che la difesa di Dumini sarebbe stata personalmente assunta da Farinacci.

In realtà, l'intransigenza di Mussolini non rappresentava un cedimento ai fautori della «seconda ondata», ma un modo anzi per controllarli all'interno e agitarne lo spauracchio all'esterno. Tattica stravolta dopo il ritrovamento, il 16 agosto, del cadavere di Matteotti. Le violenze che seguirono, vanamente frenate dagli appelli alla disciplina e acuitesi dopo l'uccisione a Roma, il 12 settembre, del deputato fascista Armando Casalini, esponente delle corporazioni sindacali, avrebbero provocato una caduta in verticale della fiducia che vari settori – da quello imprenditoriale ai partiti fiancheggiatori, liberali soprattutto – potevano ancora nutrire sulla possibilità che Mussolini riuscisse a imporre la tanto invocata normalizzazione.

Si trattò probabilmente della punta massima di isolamento mai toccata dal fascismo (come dimostrarono anche le celebrazioni in tono minore del secondo anniversario della Marcia su Roma); una sensazione confermata dopo la riapertura della Camera, il 12 novembre.

Se le prese di distanza, politiche e personali, non sfociarono in un immediato abbandono lo si dovette soprattutto all'incertezza dominante, a una situazione caratterizzata dai più svariati contatti politici – tra Giolitti, Orlando, Salandra, i liberali, alcuni socialisti, i combattenti – privi comunque di sbocchi.

Il disgregamento della maggioranza fu evidente nei risultati delle votazioni della seconda metà di novembre alla Camera sui bilanci degli Esteri e degli Interni, quando – al di là dei dati numerici – fecero scalpore le dichiarazioni dei contrari e degli astenuti. Analoga impressione scaturì dal voto del 5 dicembre in Senato sul bilancio dell'Interno, quando anche dalla conservatrice e solitamente cauta assemblea di palazzo Madama venne una sorta di alto là a Mussolini.

In questo quadro generale il tentativo dello stesso capo del governo di reintrodurre il sistema elettorale uninominale rappresentò un mezzo per scompaginare le opposizioni e meglio controllare la «palude» fascista. Un nuovo passo verso la normalizzazione, cui seguì presto una dura e quasi ultimativa risposta da parte degli intransigenti e degli squadristi, già in fermento di fronte ai «cedimenti» intravisti nella «costituzionalizzazione» della Milizia, nella nomina a ministro degli Interni di Federzoni, nei reiterati inviti alla calma e al rispetto della legge, nell'arresto e nelle denunce di alcuni fascisti.

Bersaglio preferito degli intransigenti furono i nazionalisti che avevano fuso le loro organizzazioni con il Partito nazionale fascista, accusati di essere «parassiti sfruttatori del fascismo». Gli intransigenti guardavano con particolare simpatia a Farinacci che, pur non prendendo posizione e sforzandosi anzi di apparire vicino a Mussolini, non mancò di lamentare i negativi effetti del «contegno ... francescano» sino allora mantenuto dal fascismo.

Quelle che, almeno sino alla metà del dicembre 1924, erano state prese di posizione piuttosto slegate fra loro trovarono da allora la forza di porre un vero e proprio ultimatum a Mussolini; una iniziativa che avrebbe visto scendere in campo alcuni consoli della Milizia (vicini a Balbo, mantenutosi tuttavia estraneo a quell'operazione), i farinacciani e i gruppi facenti capo all'«Impero» e alla «Conquista dello Stato».

Soprattutto quest'ultimo giornale si fece portavoce, tra il 21 e il 28 dicembre, di un pronunciamento nei confronti di Mussolini, pubblicamente «ammonito» a non dimenticare che il suo mandato politico derivava solo dalle «provincie fasciste». Scrisse Curzio Suckert Malaparte il 21 dicembre, in un articolo dal titolo inequivocabile, *Il fascismo contro Mussolini?*:

> O il movimento fascista non è una rivoluzione, e allora è tempo di finirla con la retorica giacobina ed è giusto che a poco a poco ... tutto ritorni ad essere quel che era prima dell'ottobre 1922; oppure il Fascismo è una rivoluzione in atto, e allora è indispensabile che la rivoluzione sia compiuta sino in fondo.

L'«ammonimento» per Mussolini fu ribadito dallo stesso Suckert, a una settimana di distanza, in un articolo: tutti devono obbedire, anche Mussolini, al monito del fascismo integrale, in cui «il generoso e puro fascismo delle provincie» gli chiedeva di «troncare gli indugi e rovesciare chi ha tradito fino ad oggi la rivoluzione fascista, se non volete che le provincie inizino per proprio conto il vero ciclo rivoluzionario che darà la giustizia e la pace al popolo italiano».

Né ci si limitò alle parole: il 31 dicembre – mentre Farinacci e altri su «Cremona nuova» e «L'Impero» criticavano, con maggiore o minore virulenza, «la politica rinunciataria di questi due ultimi anni», e sostenevano la impossibilità di giudicare la «rivoluzione» secondo i canoni del codice penale – un gruppo di consoli della Milizia, guidato da Aldo Tarabella e da Enzo Galbiati, si recò a palazzo Chigi, mettendo in pratica con le spalle al muro Mussolini che, dopo inutili tergiversazioni, dovette promettere di far tacere le opposizioni nella seduta della Camera del 3 gennaio 1925.

Questo, mentre in Toscana gli intransigenti fascisti, più forti che alla vigilia della Marcia su Roma, scendevano in piazza assaltando le sedi dei partiti politici e gli studi di alcuni noti antifascisti e tentando anche di liberare i camerati detenuti nel carcere fiorentino delle Murate. Ancora una volta molti sguardi si rivolsero al re e all'esercito e per qualche momento balenò anche l'ipotesi di un loro intervento. Intervento che non ci fu: Vittorio Emanuele e i militari furono frenati dalla paura del «salto nel buio», una volta che si fossero liberati di Mussolini.

Quest'ultimo sfruttò immediatamente la situazione, cercando di ottenere dal re un decreto in bianco di scioglimento della Camera, che gli avrebbe in pratica consentito di saldare definitivamente i conti con gli aventiniani e con l'intransigentismo fascista. Il decreto non fu firmato, ma il fatto che il re si fosse dimostrato disponibile in tal senso, in presenza di un voto di fiducia della Camera al governo e dell'approvazione della nuova legge elettorale, spinse Mussolini a tentare il colpo grosso, il 3 gennaio 1925.

Fu un discorso breve ma durissimo, tutt'altro che parlamentare, come egli stesso premise. Mussolini, dopo avere «sfidato» i presenti a valersi dell'articolo 47 dello Statuto, che prevedeva la messa in stato d'accusa dei ministri del re e la loro traduzione dinanzi all'Alta Corte di giustizia, assunse «la responsabilità politica, morale, storica» di quanto era avvenuto. «Se il fascismo non è stato che olio di ricino e manganello» affermò tra l'altro «e non invece una passione superba della migliore gioventù italiana, a me la colpa! Se il fascismo è stato un'associazione a delinquere, io sono il capo di questa associazione a delinquere!»

Dall'assunzione di responsabilità alle minacce il passo sarebbe stato breve:

> Vi siete fatte delle illusioni! Voi avete creduto che il fascismo fosse finito perché io lo comprimevo, che fosse morto perché io lo castigavo ... Ma se io mettessi la centesima parte dell'energia che ho messo a comprimerlo, a scatenarlo, voi vedreste allora ... l'Italia, o signori, vuole la pace, vuole la tranquillità, vuole la calma laboriosa. Noi, questa tranquillità, questa calma laboriosa gliela daremo con l'amore, se è possibile, e con la forza, se sarà

necessario. Voi state certi che nelle quarantott'ore successive a questo mio discorso, la situazione sarà chiarita su tutta l'area.

Dopo una breve sospensione della seduta, la Camera approvò la proposta di Mussolini di un rinvio e di una riconvocazione a domicilio. Era l'atto di nascita della dittatura, l'affossamento insieme delle velleità della «rivoluzione fascista» e delle forze politiche di opposizione. Suckert, dopo aver criticato le misure di polizia subito impartite da Federzoni, si chiese se il discorso del 3 gennaio fosse stato «un atto sincero di fede rivoluzionaria, o non piuttosto una mossa dell'abilissima tattica mussoliniana, una maschera rivoluzionaria gettata, per ingannare gli amici e gli avversari, sul viso della normalizzazione». Sul fronte opposto toccò a «Rinascita liberale», la rivista di Adolfo Tino e Armando Zanetti, cogliere in quella data la «Caporetto del vecchio liberalismo parlamentare e l'esplicito inizio di una fase di reazione».

La stessa facilità con cui Mussolini avrebbe provveduto alla sostituzione, subito dopo il 3 gennaio, dei dimissionari Oviglio con Rocco alla Giustizia, Casati con Fedele all'Istruzione e Sarrocchi con Giuriati ai Lavori pubblici, avrebbe dimostrato come lo stesso ruolo della monarchia andasse illanguidendosi e come il 3 gennaio avesse segnato un momento di rottura, se non ancora sul piano costituzionale, certo per la gestione del governo del Paese da parte del fascismo.

La costruzione dello Stato totalitario

Dire che il 3 gennaio 1925 inauguri il regime fascista è indubbiamente un modo troppo semplicistico per sintetizzare le varie fasi di un processo che, partendo da quella data, avrebbe portato negli anni successivi alla costruzione dello Stato totalitario. Certo quella data segnò un netto spartiacque tra la «vecchia» e la «nuova» Italia, fra lo Stato liberale e gli embrioni di quello che sarebbe divenuto lo Stato fascista, ma che al momento non poteva ancora definirsi tale; il percorso che condusse al risultato finale si rivelò tutt'altro che semplice e privo di ostacoli, all'esterno e all'interno dello stesso fascismo.

Nel suo cammino verso l'instaurazione di un regime totalitario e autoritario di massa il fascismo avrebbe in effetti cercato di troncare tutti i ponti con il passato, si trattasse delle opposizioni «classiche», degli stanchi residui dello Stato liberale o di quelle stesse forze politiche, economiche e sociali che ne avevano più o meno direttamente favorito il successo. In questa corsa all'affermazione del totalitarismo e al conseguimento di un monopolio del potere, il fascismo agì indubbiamente con mano pesante nei confronti di qualsiasi tipo di opposizione politica organizzata; ciò che comunque differenziò quel processo da quello già in atto in Unione Sovietica e da quello che si sarebbe verificato nella Germania nazionalsocialista fu il ruolo assegnato in esso al partito.

Se infatti, sia in Unione Sovietica che nella Germania nazista, lo Stato sarebbe stato subordinato e quindi fagocitato dal partito, nell'Italia fascista si sviluppò un processo inverso: al centro del regime era lo Stato, con il partito confinato per certi versi in una posizione secondaria, pronto, se necessario, a essere del tutto sacrificato se le superiori esigenze della costruzione e della salvezza dello Stato lo avessero richiesto.

La «facilità» con cui si arrivò a quel «sacrificio» si spiega con varie motivazioni, alla base delle quali è da porsi la fredda analisi realistica con cui Mussolini – il Mussolini dei primi anni di governo – guardava alla situazione italiana, tenendo conto del compromesso attraverso il quale (ben diversamente da quanto era accaduto in Russia o sarebbe accaduto in Germania) il fascismo era salito al potere nel 1922.

Con la monarchia ancora ben presente sulla scena politica e possibile punto di riferimento dei vari settori (politici, militari o di opinione pubblica), sarebbe stato difficile ritagliare per il partito un ruolo che non fosse di semplice comprimario e quindi pericoloso tentare di far coesistere l'«ingombrante» presenza della monarchia con un partito che avocasse a sé lo spirito, i valori e le strutture stesse dello Stato.

Né si può dire che quel «sacrificio» costasse troppo a Mussolini, che al partito avrebbe sempre guardato con una certa diffidenza, un po' come si guarda a una creatura che sin dall'inizio non ha fatto altro che creare grattacapi e preoccupazioni. Non nel partito, dunque, ma nello Stato il fascismo si doveva, secondo questa logica, gradualmente identificare, sino a pervenire a una fascistizzazione dello Stato stesso e della società.

In un certo senso tale identificazione, tale processo di fascistizzazione avrebbe trovato il proprio strumento visibile nella figura stessa di Mussolini, del Duce, chiamato a compiere quell'opera di mediazione tra le varie componenti del regime altrove svolta (e il riferimento è ancora alle esperienze sovietica e nazionalsocialista) dal partito-Stato. Un'azione mediatrice che mirò a rafforzare il regime (magari anche con l'intento di diminuire le prerogative della monarchia) o a impedirne il logoramento e che fu resa possibile anche dal particolare rapporto, creato e alimentato dalla macchina della propaganda, fra Mussolini e il popolo italiano.

Si può dire che questo rapporto – meglio noto come il «mito» di Mussolini – fu, sin dall'inizio, l'unico legame tra l'opinione pubblica e il sistema, mentre il fascismo, e in particolare i suoi esponenti, non avrebbero retto troppo a lungo, attirandosi critiche e malumori crescenti, celati dietro il mormorio, lo scontento, la delusione, la battuta sarcastica, a volte la semplice barzelletta. Il «mito» di Mussolini invece resse almeno fino alla guerra e, in qualche caso, anche di fronte ai primi rovesci militari, pur attenuandosi sensibilmente; anche allora comunque – così come in precedenza, ma certo con maggior ragione – intorno alla figura del Duce si sarebbe creata una sorta di «zona franca» espressa con l'immancabile (ingenuo quanto si voglia): «Ah, se il Duce sapesse!».

Mussolini non avrebbe comunque affidato soltanto al proprio mito – per quanto continuamente riproposto e gonfiato dalla tambureggiante propaganda del regime, con esiti e risvolti spesso al limite del risibile – il compito di fascistizzare lo Stato. Importanza fondamentale avrebbe avuto in questo senso il ruolo dei prefetti, «codificato» dalla circolare emanata il 5 gennaio del 1927. La fascistizzazione dello Stato prendeva l'avvio con la fascistizzazione dei funzionari – i prefetti appunto –, che da rappresentanti «neutri» e *super partes* dello Stato, quali erano stati in precedenza nell'età liberaldemocratica, venivano chiamati ad assumere il ruolo di rappresentanti del regime, il suo «braccio secolare» nelle province; i prefetti non dovevano più considerare tutti i cittadini uguali di fronte alla legge e dovevano distinguerli non fra onesti e disonesti, ma più semplicemente tra cittadini fascisti e cittadini antifascisti.

Un compito, quello dei prefetti «fascisti», che non si doveva fermare nemmeno di fronte al partito. Se ufficialmente si parlava dell'armonizzazione dell'attività di partito a loro affidata, subito dopo ci si premurava di precisare che non si poteva andare incontro a un potere gestito a «mezzadria» che avrebbe rischiato di svuotare i poteri dello Stato: la volontà di quest'ultimo doveva prevalere, lasciando al partito e alle sue gerarchie – alte o basse, centrali o locali – il solo compito di agire ovunque come suo strumento. Non si trattava soltanto di porre un freno ai «residui» squadristici, ormai incompatibili con la nuova situazione politica, ma anche di svuotare ulteriormente il partito di qualsiasi capacità di iniziativa autonoma – sul piano politico non meno che su quello sociale e culturale –, lasciata interamente alle autorità locali dello Stato.

Lo svuotamento del partito – tappa ineludibile sulla strada della costruzione dello Stato totalitario fascista – avrebbe conosciuto, negli anni successivi al 1927, altri due momenti peculiari: la legge del 9 dicembre 1928 sull'ordinamento e le attribuzioni del Gran Consiglio e, sul finire del 1929, quella sullo statuto del partito stesso.

Soprattutto la legge sul Gran Consiglio costituì un passo decisivo sulla strada della fascistizzazione dello Stato, tale da far passare in sott'ordine le implicazioni che essa conteneva circa l'eliminazione delle residue velleità del partito. Se si esaminano infatti le varie attribuzioni del Gran Consiglio – organo supremo chiamato a coordinare tutte le attività del regime, presieduto e convocato a discrezione del capo del governo –, la loro importanza e il loro peso appaiono tali da sconvolgere addirittura gli stessi equilibri sino ad allora mantenutisi tra fascismo e monarchia. Da una parte il Gran Consiglio era chiamato a deliberare sulle liste dei deputati da presentare alle elezioni, e aveva mano libera sulle nomine (e sulle eventuali revoche) delle massime cariche del Partito nazionale fascista, nonché sulle sue stesse direttive politiche. Dall'altra esso si arrogava il diritto di essere consultato sulle proposte di legge circa la successione al trono, i poteri e le prerogative del re, la composizione e il funzionamento dello stesso Gran Consiglio, del Senato e della Camera, le attribuzioni e le prerogative del capo del governo, la facoltà del potere esecutivo di emanare norme giuridiche, l'ordinamento sindacale e corporativo, i rapporti tra Stato e Chiesa cattolica, i trattati internazionali. Inoltre spettava al Gran Consiglio formare e tenere aggiornata la lista dei nomi da presentare al re per la nomina del capo del governo.

Appare chiaro come tutto quel carico di attribuzioni del Gran Consiglio, in particolare il suo potere consultivo sui meccanismi della successione al trono e quello decisionale sulla scelta del capo del governo, se da un lato finiva per assicurare una continuità legale al regime, limitava dall'altro le stesse prerogative della Corona. Ed è quindi perlomeno strano che il vero e proprio «colpo di mano» di Mussolini non suscitasse reazioni da parte di Vittorio Emanuele III. Le testimonianze sono a questo riguardo alquanto contrastanti.

Nel secondo dopoguerra l'erede al trono Umberto II avrebbe negato che i provvedimenti sulla costituzionalizzazione del Gran Consiglio potessero rappresentare un valido motivo di attrito fra il re e il Duce; dopo i malumori seguiti al discorso di Mussolini del 3 gennaio 1925, e almeno per un decennio ancora, tutto sarebbe filato liscio tra i due. Una interpretazione smentita dallo stesso Mussolini già nel 1944 (durante la Repubblica sociale italiana) nella *Storia di un anno.* Pur ammettendo che alla superficie i rapporti della «diarchia» costituita dal re e dal Duce risultavano cordiali, Mussolini parlò chiaramente della legge legalizzatrice del Gran Consiglio come dell'occasione per il «primo grave urto» tra monarchia e fascismo, di scandalo negli ambienti dinastici e addirittura di timori per uno stravolgimento istituzionale. In ogni modo, secondo Mussolini, dalla fine del 1928 «Vittorio Savoia» avrebbe cominciato a detestarlo e a «covare un odio tremendo verso il fascismo».

Tra le due versioni – quella di Umberto II e quella di Mussolini –, è la seconda che appare più credibile, al di là di qualche forzatura. Se così non fosse non si spiegherebbero le resistenze che l'approvazione della legge incontrò in Senato (una delle residue roccaforti della monarchia), al punto da indurre Mussolini a fare una dichiarazione di lealismo monarchico che stornasse i tanti timori circolanti per i possibili sviluppi anticostituzionali e antidinastici del fascismo. Parlando il 15 novembre in Senato, Mussolini escluse l'esistenza di dissidi stigmatizzando le aspettative delle opposizioni, che scambiavano per reali «le nebbie dei loro impossibili desideri e le illusioni delle loro inutili attese solitarie»; e ricordò non soltanto «sei anni di lealissimo governo fascista» che ponevano il regime al di sopra di ogni possibile sospetto, ma anche l'atto, significativo più di qualsiasi parola, compiuto da Vittorio Emanuele nella cappella del Fascio bolognese, di accendere una lampada votiva alla memoria delle camicie nere cadute per la creazione del regime stesso.

Non risulta che nell'occasione Vittorio Emanuele sia intervenuto personalmente presso Mussolini, preferendo magari delegare ad altri – si trattasse del Senato o dei nazionalisti, e in particolare di Luigi Federzoni – eventuali passi da compiere almeno per attenuare alcuni caratteri di una legge tanto lesiva dello Stato e delle stesse prerogative sovrane. Ciò non significa certo che Vittorio Emanuele non avesse colto il significato recondito presente nella costituzionalizzazione del Gran Consiglio, accettandola *obtorto collo*; il suo silenzio doveva mettere a tacere quanti – in Italia o all'estero – parlavano di un latente dissidio fra Mussolini e il re e porre in un certo senso fine al prudente attendismo sino ad allora mantenuto da molti monarchici.

Da una parte anche i più tenaci antifascisti democratici dovettero capire che non poteva certo essere Vittorio Emanuele a liberare l'Italia dal fascismo; dall'altra la passività del sovrano dimostrava a chiare note come, da quel momento, il più forte tra Mussolini e Vittorio Emanuele sarebbe stato proprio il capo del governo. La monarchia diventava, allora, un elemento moderatore e di freno e come tale andava salvaguardata, evitando qualsiasi motivo di crisi tra essa e il fascismo. Di fatto, era l'accettazione della «diarchia».

Importante, dunque, la costituzionalizzazione del Gran Consiglio sul piano dei rapporti di forza all'interno della vita politica nazionale (un'altra data per molti versi fondamentale, accanto a quelle del 28 ottobre 1922 e del 3 gennaio 1925); non meno importante il suo significato nella subordinazione del partito allo Stato cui da tempo mirava Mussolini. Eppure quanti all'interno del fascismo auspicavano una politica più rivoluzionaria salutarono nella legge del dicembre 1928 il mezzo più idoneo per fare del Gran Consiglio la «Costituente della rivoluzione permanente», tale da liberare il fascismo dall'oppressione della «pesante e funeraria Carta Albertina» e favorire, sul piano politico-sociale, una decisa sterzata a sinistra del partito, previa una radicale epurazione nei suoi quadri e l'allontanamento degli ex nazionalisti da incarichi di responsabilità.

In realtà, quei fascisti si lasciarono illudere dall'apparenza rivoluzionaria abilmente creata da Mussolini intorno a un provvedimento che invece mirava a raggiungere proprio lo scopo opposto, rappresentando una pietra miliare – codificata anche sul piano prettamente giuridico – sulla via del superamento di ogni residuo dualismo fra partito e governo, fra partito e Stato. Un provvedimento che poteva apparire rischioso perché lasciava aperta la possibilità che il Gran Consiglio, meglio e più del partito, potesse porsi in antagonismo con il governo. Quello che accadde tra il 24 e il 25 luglio 1943, quando il Gran Consiglio si pronunciò a maggioranza contro il Duce, sembrerebbe dimostrare la consistenza di quel rischio. In realtà, a decretare la fine del fascismo non fu la forza del Gran Consiglio, ma l'ormai evidente tracollo militare e il disfacimento del regime.

Fu sufficiente che, invece, Mussolini limitasse al massimo le convocazioni del Gran Consiglio perché il suo peso nella vita del regime divenisse sempre più di facciata e sempre meno di sostanza. Quanto poi al pericolo che il Gran Consiglio potesse favorire le residue velleità autonomistiche del partito, bastò che, sul finire del 1929, Mussolini modificasse lo statuto del partito stesso – negando al Gran Consiglio la definizione di «organo supremo del fascismo», escludendolo dagli «organi collegiali» del Partito nazionale fascista e sottraendogli la nomina delle sue supreme gerarchie per passarla al governo – perché anche quel pericolo teorico venisse di fatto a cadere.

La costruzione dello Stato fascista passò anche attraverso altre tappe non meno importanti che all'incirca nello stesso volgere di anni – tra il 1927 e il '29 – costruirono ulteriori capisaldi del nuovo organismo totalitario: la riforma della rappresentanza politica, approvata tra il marzo e il maggio 1928 dalla Camera e dal Senato, e il cosiddetto «sbloccamento» della Confederazione dei sindacati fascisti, attuato sul finire di quello stesso anno.

La riforma della rappresentanza politica scaturì da un lungo e travagliato dibattito, imperniato soprattutto sul tema dell'assetto corporativo che alcuni settori fascisti (in particolare la rivista «Critica fascista» con il suo direttore nonché sottosegretario alle Corporazioni Giuseppe Bottai) intendevano dare allo Stato, in contrasto con chi negava che lo Stato corporativo potesse identificarsi con lo Stato fascista. La riforma fu approvata il 16 marzo 1928 dalla Camera senza apparenti difficoltà (con l'unica voce di dissenso da parte di Giolitti) e con maggiori resistenze di lì a due mesi dal Senato; essa rappresentò una sconfitta delle posizioni più rigidamente corporativistiche ma insieme, su un piano più generale, un nuovo duro colpo allo Statuto.

Nel suo ultimo discorso parlamentare, Giovanni Giolitti indirizzò le sue critiche proprio contro questo disegno di legge che, sopprimendo di fatto ogni facoltà di scelta dei candidati – delegata in ultima analisi al Gran Consiglio su designazione delle confederazioni nazionali sindacali legalmente riconosciute, di enti morali e di associazioni di importanza nazionale – costituiva, a suo giudizio, il momento del distacco del fascismo dal regime retto dallo Statuto.

Critiche riprese con maggiore vivacità durante il dibattito in Senato (dove, tra gli altri, sarebbe intervenuto contro il disegno di legge Luigi Albertini) e che avrebbero provocato un deciso intervento dello stesso Mussolini, pronto a rintuzzarle sarcasticamente, chiamando in causa addirittura l'articolo 27 dei *Droits de l'homme* del 1789: «Tutte le costituzioni sono rivedibili, perché nessuna generazione ha il diritto di assoggettare alle sue leggi le generazioni che seguiranno». Così doveva essere anche per lo Statuto; ed era quindi, secondo Mussolini, fatica superflua, e tuttavia commovente, fare la guardia al Santo Sepolcro. Il Santo Sepolcro è vuoto. Lo Statuto non c'è più, non perché sia stato rinnegato, ma perché l'Italia d'oggi è profondamente diversa dall'Italia del 1848.

Un'ulteriore stabilizzazione del regime e soprattutto dei suoi rapporti con le grandi forze economiche fu determinata, sul finire del 1928, dallo «sbloccamento» della Confederazione dei sindacati fascisti; una misura politica che si veniva ad aggiungere ad altre di natura prettamente economica quali gli sgravi fiscali, il credito, la protezione e la riduzione degli oneri salariali.

Nella manovra posta in atto ai danni dell'organizzazione sindacale guidata da Edmondo Rossoni, Mussolini poteva contare, nel biennio 1927-28, sull'indiretto appoggio sia di Augusto Turati, il segretario del Partito nazionale fascista (che puntava al rilancio sindacale del partito) sia di Bottai, tutto volto al proprio progetto di Stato corporativo; il capo del governo rimase, per certi versi, estraneo al dibattito, non impegnandosi personalmente con prese di posizione che potessero in qualche modo avallare quei progetti o dar fiato alle accuse formulate dalle opposizioni circa una politica del regime troppo sbilanciata a favore del capitalismo. Il Duce preferì affidarsi alle critiche più o meno dirette rivolte da Turati e Bottai al sindacalismo rossoniano e soprattutto alle sue velleità rivoluzionarie, valide soltanto in uno Stato incapace di svolgere un'opera di giustizia sociale, ma incompatibili in uno Stato fascista dove – come scrisse Bottai nel maggio 1928 – «le masse non hanno bisogno di difensori di sorta» e in cui è favorito «lo sviluppo unitario delle forze produttive» nel senso indicato dalla disciplina corporativa.

Con il trascorrere dei mesi la polemica scese anche sul piano personale con sempre più frequenti attacchi a Rossoni, al punto che questi fu accusato di voler formare una Camera «per suo uso e consumo»; si rese così necessario uno «sbloccamento» – la trasformazione cioè delle sette federazioni nazionali e dei loro organismi provinciali in altrettante confederazioni e unioni provinciali, del tutto autonome l'una dall'altra – che fu deciso da Mussolini il 21 dicembre dello stesso anno. Una misura non più revocabile, come lo stesso Rossoni, il vecchio nucleo dirigente sindacalista e alcuni sindacalisti della Confederazione dei lavoratori dell'industria avrebbero appurato a proprie spese nei mesi successivi.

Si trattava dell'ennesimo tassello del mosaico costruito da Mussolini e dal gruppo dirigente fascista per dare concretezza politica e istituzionale al regime e per inquadrare nello Stato-regime tutte le componenti che, sparse, avrebbero potuto costituire una minaccia alla sua stessa esistenza; tutto ciò in attesa di quell'altro importantissimo tassello – frutto di una lunga e articolata manovra politica – che sarebbe stata la Conciliazione.

Una costruzione statale, quella attuata da Mussolini tra il 1925 e il '29, tesa ad assicurare tutto il potere al fascismo, anche se di fatto tale fascistizzazione dello Stato, dell'apparato amministrativo e dell'intera vita pubblica si concretizzò non tanto con l'immissione di nuova linfa nei gangli dello Stato quanto, molto più frequentemente, con il «riciclaggio» di vecchi funzionari e vecchi burocrati, rappresentanti, in altri termini, della vecchia classe dirigente, acconciatasi con maggiore o minore convinzione a aderire al regime.

Di qui il paradosso di una «rivoluzione» obbligata a servirsi di una burocrazia e di una classe dirigente solo in superficie «fascistizzata» e come tale in grado di «frenare» – come più volte avrebbero lamentato le varie componenti storiche del fascismo stesso – il cammino della «rivoluzione fascista», costretta a confrontarsi quotidianamente con un apparato sostanzialmente estraneo ai suoi fini dichiarati e con ostacoli che le avrebbero impedito di giungere «in pieno al cuore della struttura amministrativa dello Stato». Un paradosso che il regime si trascinò dietro per tutta la sua durata e al quale, con risultati altalenanti, Mussolini stesso avrebbe cercato di porre rimedio attraverso un sempre più forte accentramento decisionale e di potere nella propria persona.

L'antifascismo e gli esuli

Le leggi eccezionali emanate nel novembre 1926 dal fascismo – ufficialmente motivate dagli attentati compiuti nei mesi precedenti da Miss Violet Gibson, dall'anarchico Gino Lucetti e da Anteo Zamboni contro Mussolini – furono la dimostrazione di come le minacce lanciate dallo stesso capo del governo il 3 gennaio 1925 non fossero campate in aria. Lo scopo dell'istituzione del Tribunale speciale per la difesa dello Stato era chiaramente quello di mettere fuori gioco le opposizioni, già peraltro duramente colpite dall'esclusione dal Parlamento dei deputati «aventiniani», e soffocarne le residue velleità di resistenza. Altrettanto chiaramente, proprio tra la fine del 1926 e i primi mesi del '27, di fronte alle misure eccezionali del governo, le opposizioni decisero di rompere gli indugi e alcuni tra i più noti e più esposti personaggi dell'antifascismo optarono per la fuga all'estero e per l'esilio.

Il fenomeno dell'espatrio – fosse provocato da motivazioni politiche, economiche o strettamente personali – si era del resto manifestato ancor prima del 1926-27, sin dagli anni immediatamente successivi alla Marcia su Roma e al fallimento della secessione dell'Aventino. La scelta dell'esilio metteva a nudo una delle tante divisioni all'interno del variegato schieramento antifascista, tra chi – come liberali, popolari, alcuni cattolici – si illudeva ancora di poter condurre la battaglia sul piano parlamentare e di poter portare sulle proprie posizioni il re e il Vaticano e chi – come i partiti di massa marxisti, il Partito repubblicano e il movimento di Giustizia e libertà – non nutriva tali illusioni e considerava anzi Vittorio Emanuele III corresponsabile del fascismo e come tale irrecuperabile a una dialettica democratica.

Fu soprattutto all'interno di questo secondo schieramento (anch'esso tutt'altro che unitario) che emerse a un certo momento la scelta dell'emigrazione; una decisione che sin d'allora si prestava alla critica circa l'efficacia stessa della lotta degli esuli, paragonata a quella di coloro che erano rimasti in patria. Critiche per molti versi ingenerose, tenuto conto dei vari ostacoli che gli esuli avrebbero incontrato: le costanti ristrettezze economiche, le difficoltà di mantenere i contatti con coloro che erano rimasti in Italia, la necessità di non urtare la suscettibilità dei governi stranieri ospitanti e di rintuzzare l'azione degli agenti fascisti infiltrati; il che avrebbe ridotto molti esuli – i meno organizzati e preparati – in una penosa condizione di isolamento che acuiva le recriminazioni e le chiusure intransigenti.

Il fenomeno dell'emigrazione antifascista conobbe fasi diverse sia per la sua intensità, sia per le sue motivazioni di fondo e per la personalità dei vari protagonisti. Motivazioni prevalentemente economiche caratterizzarono l'emigrazione fra l'ottobre 1922 e il gennaio 1925 in Svizzera, Belgio e Francia, anche se non mancarono, in quello stesso periodo, presenze all'estero di elementi anarchici e socialisti, particolarmente attivi sul piano della propaganda antifascista svolta sui vari giornali sorti a Parigi, a Ginevra e a New York. Un attivismo privo comunque di un preciso indirizzo politico e che finì per alienarsi, a causa del suo fanatismo, le simpatie di Francesco Saverio Nitti. Questi, allontanatosi dall'Italia dopo alcune violenze fasciste, nel giugno 1924 si stabilì prima a Zurigo poi a Parigi, dove si dedicò a una intensa attività pubblicistica.

Qualche mese dopo Nitti, in ottobre, fu costretto a lasciare l'Italia anche don Luigi Sturzo. Sulla forzata decisione del fondatore del Partito popolare pesarono in ogni modo, ancor più delle minacce fasciste (che indubbiamente ci furono), le pressioni da parte del Vaticano perché egli abbandonasse il partito, cessasse la direzione e la collaborazione al quotidiano «Il Popolo» e si allontanasse da Roma. Dietro gli inviti a Sturzo a «cambiare aria» si celava in realtà la volontà della Santa Sede – di Pio XI e del segretario di Stato cardinale Gasparri in particolare – di non creare turbative a un nuovo clima nei rapporti fra Stato e Chiesa che la linea politica del governo fascista lasciava intravedere.

La volontà della Santa Sede – che pietosamente Sturzo al momento avrebbe stemperato con il termine «desideri», per parlare più tardi, ripetutamente, di veri e propri «ricatti» – e il crudo realismo politico sul cui altare venivano sacrificati il Partito popolare e il suo leader indussero comunque il sacerdote siciliano ad allontanarsi il 25 ottobre 1924 da Roma, diretto – dopo una breve sosta a Torino – a Londra e nel 1940 a Brooklyn; un esilio ultraventennale, ben più lungo di quanto lo stesso Sturzo avesse, magari con un pizzico di ottimismo, potuto immaginare. Pressioni e «ricatti» che non cessarono del tutto neanche durante l'esilio, cosa che, del resto, non impedì a Sturzo – anche dopo il Concordato e il divieto imposto ai sacerdoti di partecipare alla vita politica – di denunciare i cedimenti che Chiesa e cattolici, in Italia come altrove, stavano facendo registrare nei confronti dei regimi totalitari, finendo per delegare loro la difesa dei valori religiosi e prestandosi così a pericolose e devianti strumentalizzazioni.

Il fenomeno dell'emigrazione politica – con la Francia ancora meta preferita – proseguì anche dopo il discorso di Mussolini del 3 gennaio 1925. Ad allontanarsi dall'Italia furono stavolta soprattutto uomini politici che non intendevano continuare a concedere, con il proprio forzato silenzio, una sorta di avallo al regime, o che volevano sottrarre se stessi e le proprie famiglie alle violenze degli squadristi. Fu questo il caso di Piero Gobetti e di Giovanni Amendola, emigrati in Francia nel 1925 e morti nel 1926 in conseguenza dell'aggressione subita; lasciarono l'Italia, tra il 1925 e il 1926, anche altri noti antifascisti quali il popolare Giuseppe Donati, direttore del «Popolo», Gaetano Salvemini, Alberto Tarchiani, giornalista e collaboratore di Albertini al «Corriere della Sera», pubblicisti e scrittori come Silvio Trentin, Carlo Sforza, Alberto Cianca, Ignazio Silone.

Pur tra non poche difficoltà – che avrebbero fra l'altro reso breve e stentata, nel 1926-27, la vita del «Corriere degli italiani», diretto a Parigi da Donati – i fuorusciti svolsero un'intensa attività pubblicistica, riuscendo anche a far entrare clandestinamente in Italia alcune delle loro opere pubblicate all'estero. Del resto fu subito evidente l'impossibilità di puntare a qualcosa di più impegnativo di conferenze e opuscoli contro il fascismo; questo soprattutto dopo la clamorosa scoperta che, dietro il progetto di Peppino e Ricciotti Garibaldi di dar vita a un esercito antifascista in terra francese, si nascondeva addirittura una manovra della stessa polizia fascista.

Se quell'episodio, sul finire del 1926, indusse molti fuorusciti a una sorta di ripiegamento (durato sino allo scoppio della Guerra civile spagnola del 1936), l'emanazione in Italia, più o meno nello stesso periodo, delle leggi eccezionali da parte del regime costrinse anche gli ultimi esponenti dei partiti politici di opposizione rimasti in patria a prendere seriamente in considerazione l'opportunità di emigrare, sia per sottrarsi alle violenze, sia per proseguire con maggiore efficacia la lotta contro il fascismo. Da quel momento, venuta meno la possibilità di servirsi dei vecchi passaporti per lasciare l'Italia, il drastico giro di vite deciso dal governo nel novembre 1926 indusse i responsabili dei partiti di opposizione a favorire soprattutto la fuga degli esponenti più anziani e più in vista, lasciando preferibilmente i più giovani in Italia per organizzare nei limiti del possibile la resistenza.

Fu tutto un fiorire di piani, grazie ai quali riuscirono ad allontanarsi clandestinamente dall'Italia, nel novembre 1926, l'anziano esponente socialista Claudio Treves e il giovane Giuseppe Saragat, diretti rispettivamente a Parigi e a Vienna; mentre molto più complesse e avventurose furono le modalità di fuga del settantenne Filippo Turati, che oltretutto aveva opposto molte resistenze agli inviti rivoltigli in tal senso dai compagni di partito. Sul finire del novembre 1926 Carlo Rosselli, Ferruccio Parri (già organizzatore dell'espatrio di Treves e Saragat) e Sandro Pertini accompagnarono Turati prima a Ivrea, poi a Torino, quindi sulla costa Ligure da dove riparò in Corsica e infine a Parigi. La riuscita della complessa operazione fu macchiata dall'arresto, da parte della polizia fascista, di Rosselli e Parri tornati incautamente in Italia e protagonisti, di lì al 1928, di lunghe vicende giudiziarie, tra assoluzioni e condanne (a dieci mesi di prigione Parri, a cinque anni di confino a Lipari Rosselli).

Oltre a Treves, Saragat e Turati, molti altri esponenti dei partiti di opposizione (socialisti, repubblicani, popolari), più o meno nello stesso periodo, trovarono rifugio all'estero: da Giuseppe Modigliani a Pietro Nenni, da Bruno Buozzi a Nullo Baldini fra i socialisti, da Cipriano Facchinetti a Randolfo Pacciardi, Egidio Reale, Eugenio Chiesa e Fernando Schiavetti fra i repubblicani, dal popolare Francesco Ferrari all'ex direttore del «Mondo» Alberto Cianca, che a Parigi avrebbe ridato vita alla pubblicazione del periodico satirico «Il becco giallo».

Con i primi mesi del 1927, l'ondata dell'emigrazione politica si ridusse notevolmente: soprattutto in terra francese si stabilirono alcuni tra i più noti esponenti politici dell'antifascismo, con l'intento dichiarato di riorganizzare alcuni partiti. In realtà furono soltanto gli esponenti della sinistra – dai socialisti massimalisti e revisionisti, dai repubblicani ai comunisti, che crearono a Parigi un centro estero e a Milano un centro interno – a puntare sulla riorganizzazione dei partiti, mentre liberali e popolari (questi ultimi frenati e disorientati dal veto del Vaticano) si astennero da qualsiasi iniziativa in tal senso.

Più ancora della rinascita dei partiti antifascisti all'estero, la scena fu comunque dominata, a partire dall'aprile 1927, dalla decisione dei partiti di sinistra di dar vita a una Concentrazione. Una iniziativa sostenuta in un primo momento soprattutto dall'ex sindacalista rivoluzionario Alceste De Ambris e dal giornalista Luigi Campolonghi (da tempo emigrati in Francia), esponenti di spicco della Lega italiana dei diritti dell'uomo; col passare dei mesi vi aderirono anche socialisti e repubblicani, mentre liberali e popolari da una parte, comunisti dall'altra, preferirono non lasciarsi coinvolgere. La Concentrazione antifascista, pertanto, fu a lungo monopolizzata dalla sinistra socialista – da Nenni a Treves a Turati – che all'inizio portò avanti dal quartier generale parigino di Faubourg St Denis 103 e sulle pagine del settimanale «La Libertà» un programma di massima politicamente piuttosto vago (moderato, si potrebbe quasi dire), inteso essenzialmente a organizzare le disperse schiere degli esuli e a mantenere, nei limiti del possibile, i contatti con la base rimasta in Italia.

Nessuna traccia, almeno all'inizio, di rivendicazioni sociali, di una assemblea costituente o di una scelta repubblicana, a riprova di come, all'interno della Concentrazione, ci si muovesse e si agisse ancora in un'ottica «aventiniana» e si nutrissero ancora speranze su un possibile intervento di Vittorio Emanuele III a difesa della legalità violata; una speranza che la passività dimostrata dal sovrano di fronte alle misure del Gran Consiglio del fascismo in materia di designazione di un nuovo primo ministro – e addirittura di successione al trono – dimostrò illusoria, spingendo la Concentrazione a compiere una precisa scelta in senso repubblicano. Questa presa di posizione confermò il giudizio negativo dato sulla Concentrazione dai comunisti e dallo stesso movimento Giustizia e libertà di Carlo Rosselli, che vi individuò una riedizione della fallita secessione aventiniana; e non convinse del tutto Salvemini il quale, dopo aver invitato dalle colonne della «Libertà» gli esuli a una serrata e coraggiosa autocritica, interruppe i rapporti con la Concentrazione. Nonostante i contrasti interni e i limiti della sua azione di propaganda, la Concentrazione tuttavia rappresentò, sul finire del 1928, un punto di riferimento della resistenza attiva contro il fascismo. Sul piano organizzativo, comunque, né la Concentrazione parigina né altri movimenti come Giustizia e libertà o gli anarchici potevano minimamente competere con il PCI, capace oltretutto – grazie al costante aiuto economico fornitogli dall'Unione Sovietica – di dar vita, accanto a una struttura pubblica, anche a una segreta, attraverso la quale parare i colpi inferti dalla polizia fascista.

In altre parole il PCI poteva contare, nella lotta antifascista, in Italia e all'estero, su una sorta di continuo ricambio atto a supplire alle perdite subite, nonché – cosa che nessun altro movimento era in grado di fare – su una ferrea disciplina imposta dai quadri dirigenti a una base quanto mai ricettiva, tale da privilegiare il conseguimento di obiettivi a lunga scadenza rispetto ad azioni terroristiche o sensazionali, capaci di colpire maggiormente l'opinione pubblica ma anche di sgonfiarsi più rapidamente e risultare alla fin fine controproducenti.

Dai primi mesi del 1929, comunque, il panorama dello schieramento antifascista si arricchì di una terza presenza, il movimento Giustizia e libertà, sorto con l'ambizioso intento di superare le organizzazioni politiche esistenti e di ritagliarsi uno spazio tra l'ala sinistra socialista e l'ala destra liberale. L'iniziativa era partita da Ernesto Rossi, Ferruccio Parri e Riccardo Bauer, attraendo ben presto personaggi come Salvemini e Tarchiani in una intensa attività pubblicistica e propagandistica; ma è certo che il movimento decollò soprattutto dopo il luglio 1929, grazie a Carlo Rosselli, liberato in modo rocambolesco dal confino nell'isola di Lipari e riparato in Francia insieme al leader del Partito sardo d'azione Emilio Lussu e a Fausto Nitti, nipote dell'ex capo del governo Francesco Saverio.

Deluso dalla «passività aventiniana» della Concentrazione e soprattutto dalla disponibilità di alcuni suoi membri a collaborare con forze come la monarchia, l'esercito e la Chiesa, ormai chiaramente succubi e complici del fascismo, l'intransigente repubblicano Carlo Rosselli escluse nettamente qualsiasi possibilità di collaborazione con i comunisti, distinguendosi in questo dal programma lanciato un decennio prima da Piero Gobetti sulla «Rivoluzione liberale». Sulla creazione di una repubblica democratica, di una economia «liberal-socialista», sul mantenimento delle libertà civili, sulla realizzazione della giustizia sociale e della pace internazionale i programmi di Rosselli e Gobetti erano indubbiamente simili, ma divergevano poi proprio sul «nodo» comunista, non andando Rosselli oltre l'auspicio della socializzazione dei servizi pubblici e di alcune industrie pesanti, della creazione di cooperative, della realizzazione della riforma agraria e di una imposta progressiva sul reddito. Troppo poco per i comunisti. Togliatti non avrebbe mancato di stigmatizzare la superficialità delle posizioni del «ricco dilettante» Rosselli rispetto alla posizione «rivoluzionaria» dell'«intellettuale povero» Gobetti.

In effetti, senza con questo voler minimamente disconoscere la forza morale e ideale che Rosselli e alcuni suoi stretti collaboratori (da Lussu a Tarchiani, da Bauer a Luigi Salvatorelli) impressero all'azione di Giustizia e libertà, essa finì ben presto per esaurirsi in manifestazioni isolate da cui ci si illudeva di trarre risultati concreti: dall'appoggio accordato al giovane socialista torinese Fernando De Rosa che a Bruxelles, nell'ottobre del 1929, attentò alla vita del principe ereditario Umberto di Savoia, al volo aereo con lancio di manifestini di propaganda antifascista compiuto nel luglio del 1930 su Milano dallo studente valdostano Giovanni Bassanesi, ai contatti rimasti senza seguito con alcuni responsabili della neonata repubblica spagnola.

Per un breve periodo Giustizia e libertà ebbe rapporti con il movimento Alleanza nazionale, attivo in Italia tra il 1930 e il '31 e fondato dall'ex direttore del «Mondo» e segretario dell'Unione democratica aventiniana Mario Vinciguerra. In realtà questi legami – favoriti soprattutto dalla mediazione di Guido De Ruggiero – non andarono oltre una intensa attività propagandistica, stroncata abbastanza facilmente dalla polizia francese; sul piano politico ben poco in comune poteva esserci – al di là di una liberale avversione al radicalismo comunista – tra un repubblicano intransigente come Rosselli e un Vinciguerra che puntava ancora, nel 1930, sull'aiuto della monarchia, della Chiesa e dell'esercito contro il fascismo.

Cosicché, a parte alcuni contatti con i gesuiti della «Civiltà Cattolica» nel bel mezzo delle ostilità fra l'Azione cattolica e il regime, l'appoggio di alcuni settori cattolici e l'incoraggiamento di Benedetto Croce, Alleanza nazionale legò la sua breve esistenza a un ennesimo *beau geste*, il volo compiuto la sera del 3 ottobre 1931 su Roma da un aereo pilotato dal giovane poeta Lauro De Bosis, precipitato poi durante il viaggio di ritorno al largo delle coste della Corsica. Non a caso il testo di alcuni manifestini lanciati sulla capitale conteneva un vibrante appello al re perché scegliesse una volta per tutte fra gli italiani che soffrivano per l'oppressione e gli oppressori stessi, mentre in altri si invitava la popolazione a non accettare passivamente la dittatura.

Ben più importante – almeno in prospettiva – fu la collaborazione instaurata nel 1931 da Giustizia e libertà con il Partito socialista, da un anno riunificato sotto la guida di Nenni e Saragat. In realtà, non potendosi nemmeno ipotizzare una fusione tra socialisti e giellini, entrambi non disposti a rinunciare alle proprie identità, ci si dovette limitare a una sorta di spartizione di sfere d'influenza, impegnandosi Giustizia e libertà a distribuire in Italia, sotto la propria sigla, tutto il materiale propagandistico pubblicato dai socialisti e dalla Confederazione generale del lavoro, mentre entrambe le organizzazioni promettevano di non agire separatamente l'una dall'altra, in Italia e all'estero. Logico corollario di questo accordo era la sua estensione alla Concentrazione antifascista parigina che comportò l'ennesima suddivisione di campo; le azioni clandestine furono dirette dai giellini in Italia e dalla Concentrazione all'estero; all'interno del comitato esecutivo della Concentrazione si sarebbe poi creata una spartizione di cariche a tutto vantaggio di Giustizia e libertà.

Si trattava di un accordo destinato a durare ben poco, di fronte al riacutizzarsi delle divisioni ideologiche e operative fra le organizzazioni e alle polemiche che alcune iniziative troppo autonome assunte da Giustizia e libertà provocarono soprattutto da parte di socialisti e repubblicani. In particolare fu posto sotto accusa il programma rivoluzionario – che conteneva punte sin troppo «giacobine» e «operaistiche» – del primo numero dei «Quaderni di Giustizia e libertà», un opuscolo pubblicato a Parigi dal movimento di Rosselli, in violazione dei termini dell'accordo stipulato con i settori socialisti e repubblicani all'interno della Concentrazione.

Le stesse relazioni tra Giustizia e libertà e Partito socialista si guastarono progressivamente soprattutto dopo la scomparsa, tra il 1932 e il '33, dei due esponenti più rappresentativi del revisionismo socialista, Turati e Treves, e di fronte a un PSI che, dominato ormai da Nenni, era attratto maggiormente dalle sirene di un accordo a sinistra con i comunisti e non sembrava più tanto propenso a prolungare l'ibrida esperienza di collaborazione con organizzazioni «borghesi» quali Giustizia e libertà e il Partito repubblicano. Si era entrati ormai in un clima di vera e propria competizione fra i vari schieramenti all'interno della Concentrazione, con i giellini posti sul banco degli accusati da parte dei socialisti per aver più volte invaso il loro terreno propagandistico. D'altra parte Rosselli aveva colto, ben prima dei socialisti, la natura del fascismo, che non poteva più essere considerato esclusivamente un fenomeno italiano di fronte all'estendersi di tendenze fasciste in tanti Paesi europei (a cominciare dall'avvento al potere di Hitler in Germania nel 1933) e alle fosche prospettive di guerra che si addensavano sul vecchio continente. Una prospettiva che, secondo Rosselli, poteva essere prevenuta soltanto con il richiamo alla solidarietà attiva fra le correnti antifasciste di tutti i Paesi e con un movimento rivoluzionario che partisse dall'Italia e dalla Germania.

L'appello di Rosselli cadde comunque nel vuoto, anche a causa di alcune asprezze della propaganda di Giustizia e libertà, più volte accreditatasi come l'unico e autentico socialismo. Le polemiche createsi all'interno della Concentrazione parigina avrebbero portato al suo scioglimento nel maggio 1934, dopo sette anni di vita. Un avvenimento determinato anche dalla riluttanza dei gruppi del fuoriuscitismo a rinunciare a parte della propria autonomia per sottomettersi a un'unica guida e che avrebbe al contempo aperto la strada a un più deciso coinvolgimento del Partito socialista – sino a quel momento piuttosto isolato, nonostante la sua indiscutibile forza organizzativa – nella comune lotta di opposizione al fascismo.

Una prospettiva facilitata dal ripensamento, per quanto tardivo, da parte dei comunisti della precedente politica di ostilità nei confronti non soltanto dei partiti borghesi, ma anche di quelli socialisti (sprezzantemente definiti «social-fascisti»); una politica che aveva creato un clima di divisione all'interno dello schieramento antifascista, lasciando campo libero all'affermarsi del fascismo. Dopo l'avvicinamento delle sinistre francesi, che raggiunsero un accordo nel giugno 1934, anche comunisti e socialisti italiani, di fronte al dilagare del fascismo in altri Paesi europei come la Francia e l'Austria, intrapresero la strada del «fronte unito».

Si trattava soltanto, per i socialisti italiani, di recidere gli ultimi tenui legami con Giustizia e libertà all'interno della Concentrazione. Nel maggio 1934 si giunse così allo scioglimento della Concentrazione: era un sacrificio necessario e inevitabile dopo le polemiche, le contraddizioni e le divisioni degli ultimi mesi, per addivenire a un accordo di unità d'azione che fu stipulato da Togliatti per i comunisti e da Nenni e Saragat per i socialisti nel mese di agosto. Si apriva così una nuova fase della lotta antifascista.

La politica estera del fascismo

Una politica estera prettamente subordinata a quella interna: questa, sino alla fine degli anni Venti, la strategia seguita dal fascismo. Tuttavia, prima ancora della presa del potere, Mussolini aveva già espresso posizioni che contenevano i germi di quella che sarebbe stata la posizione dell'Italia fascista sulla scena internazionale. Il fascismo fece proprie le recriminazioni del primo dopoguerra per la «vittoria mutilata» e promosse l'espansione dell'Italia verso il Mediterraneo e l'Africa. Ma soprattutto volle esprimere la consapevolezza che la guerra avesse rivelato «noi a noi stessi», e quindi farsi interprete di quella presa di coscienza.

Negli anni Venti la politica estera italiana apparve, anche a osservatori esterni, cauta e responsabile, mantenuta sui binari della tradizione, aliena dagli avventurismi cui avrebbero voluto indirizzarla settori estremisti e nazionalisti dello stesso fascismo. C'erano, è vero, prioritari, i problemi politici, economici e finanziari interni a catalizzare l'attenzione di Mussolini; ma c'era anche una prospettiva di lungo termine cui egli mirava, prima di fare dell'Italia una grande potenza: la prospettiva di una radicale fascistizzazione del popolo italiano, che non si poteva certo ottenere con un colpo di bacchetta magica. Così, lo stesso «imperialismo» tante volte evocato da Mussolini prima e dopo la Marcia su Roma, come «legge eterna e immutabile della vita», veniva a sfumare i suoi connotati militari a vantaggio di significati più propriamente economici e spirituali.

I temi del prestigio, della dignità e dell'autonomia della politica estera fascista furono enunciati da Mussolini sin dal primo discorso presidenziale alla Camera, il 16 novembre 1922:

> L'Italia di oggi conta, e deve adeguatamente contare. Lo si incomincia a riconoscere anche oltre i confini. Non abbiamo il cattivo gusto di esagerare la nostra potenza, ma non vogliamo nemmeno, per eccessiva e inutile modestia, diminuirla.

Sul piano concreto, gli obiettivi di questa politica furono rappresentati dal conseguimento della sicurezza nella zona danubiano-balcanica e di una espansione nel Mediterraneo e in Africa.

Se gli accordi con la Cecoslovacchia e la Iugoslavia e il riconoscimento dell'Unione Sovietica crearono, nel corso del '24, le premesse per il conseguimento del primo obiettivo, la politica espansionistica avrebbe conosciuto maggiori difficoltà. Fu necessario sacrificarle la tanto sbandierata autonomia della politica estera fascista, essendo irrealistico pensare di conseguire un così ambizioso obiettivo prescindendo dai rapporti con Gran Bretagna e Francia.

Pur con qualche difficoltà e qualche intoppo (come durante l'episodio di Corfù), le relazioni fra Gran Bretagna e Italia si mantennero buone. Londra vedeva in Roma un elemento di stabilità, non certo concorrenziale sul terreno coloniale, e soprattutto un contrappeso all'egemonia continentale della Francia e alle sue mire sul Mediterraneo. Quello che Londra concedeva all'Italia, e che quest'ultima non poteva realisticamente pretendere di mutare, era un ruolo subalterno, di pedina sullo scacchiere europeo e mediterraneo della politica britannica. Ma sarebbero stati proprio quel ruolo e quelle buone relazioni con la Gran Bretagna a rendere ardui e infruttuosi i tentativi di trovare un accordo con la Francia. La volontà di Parigi di assicurarsi l'egemonia in Europa e di dar vita a un sistema europeo che impedisse per sempre il ritorno minaccioso della Germania non erano infatti premesse tali da consentire all'Italia di svolgere un ruolo di primo piano nella politica continentale. Nessuna apertura in campo coloniale, lo spettro dell'*Anschluss* (cioè dell'annessione dell'Austria alla Germania) continuamente ripresentato all'Italia, l'invito a eliminare qualsiasi motivo di attrito con la Iugoslavia in Adriatico: queste le condizioni capestro poste da Parigi a Roma, le uniche su cui potesse basarsi l'amicizia franco-italiana. Un prendere o lasciare che non concedeva spazi di manovra. Nonostante questo, è innegabile che la ricerca di un'amicizia con la Francia rimase una meta a lungo agognata da Mussolini. Parigi rifiutava di prendere in considerazione le richieste coloniali italiane, scatenava una guerra ideologica come depositaria degli immortali principi della democrazia contro il fascismo, dava ospitalità agli esuli antifascisti. Questo innescò una campagna di stampa antifrancese, volta più che altro a tacitare gli umori dell'opinione pubblica e degli stessi ambienti fascisti, ma che non doveva sfociare in qualcosa di più serio. Con la Francia «litigi spesso; rottura no» avrebbe confidato Mussolini a Chamberlain nel settembre del '26 a Livorno; e pochi mesi prima, in una intervista al «Petit parisien», egli aveva esaltato il ruolo che Francia e Italia, con interessi identici e senza alcuna questione che le separasse, avrebbero potuto e dovuto svolgere come antemurale al pericolo tedesco.

E di un «vasto blocco latino», di come Francia e Italia fossero fatte per intendersi in nome non tanto di principi razziali, quanto di civiltà e cultura, contro la minaccia della barbarie, il Duce parlò ancora in una intervista del dicembre 1927, approfittando di alcune aperture del ministro degli Esteri francese Aristide Briand. Un riavvicinamento che non poteva comunque rimanere ancorato a «motivi esclusivamente letterari o puramente sentimentali», ma che aveva come presupposto l'eliminazione delle cause di frizione tra i due Paesi.

In realtà le trattative fra Roma e Parigi, per la chiusura francese alle richieste italiane, non avrebbero condotto nei mesi seguenti a risultati tangibili. Le trattative si insabbiarono, in attesa che un mutamento della situazione internazionale (come possibili minacce del revanscismo tedesco) inducesse Parigi a più miti consigli. Queste difficoltà contribuirono a dare alla politica estera fascista un carattere di staticità, che fu superato solo nella seconda metà del 1929 sia grazie a una maggiore stabilizzazione all'interno (con gli esiti della Conciliazione e del plebiscito), sia a tutta una serie di mutamenti in campo internazionale: dal cambio della guardia tra conservatori e laburisti in Gran Bretagna all'affievolirsi della possibilità di un temuto quanto improbabile riavvicinamento franco-tedesco; dal riproporsi del tema delle ripartizioni e dei debiti di guerra al riaffacciarsi degli Stati Uniti sulla scena politica europea.

Per quanto riguarda la politica estera fascista, il mutamento di rotta avvenne ufficialmente il 12 settembre 1929 con la nomina di Dino Grandi a ministro degli Esteri. Un fascista, Grandi, noto e apprezzato all'interno e fuori del fascismo; un fascista moderato, gradito anche a gran parte dei diplomatici di «carriera» che temevano le invadenze del partito. E gradito ovviamente a Mussolini, che aveva dimenticato i tentennamenti dell'ottobre 1922 e ne aveva apprezzato l'azione svolta come sottosegretario agli Interni prima e agli Esteri poi. Niente avrebbe fatto presagire, nel '29, il giudizio nettamente negativo che, tre anni dopo, Mussolini avrebbe espresso sulla gestione degli Esteri da parte di Grandi, né i sospetti e le gelosie che avrebbero contrassegnato, da allora sino al 25 luglio del '43, il suo atteggiamento nei confronti del «fedele disubbidiente». Sin dall'inizio Grandi puntò a razionalizzare una politica estera sino a quel momento frammentaria e occasionale. Soprattutto, senza negarne il carattere fascista, cercò di evitare una sua eccessiva ideologizzazione; di evitare cioè i rischi che corrono quei regimi che fondano la loro azione internazionale – come avrebbe sostenuto il 2 ottobre 1930 – su un programma di espansione ideologica, sconfinando così fatalmente in crudeli e interminabili guerre di religione come quelle che l'Europa aveva conosciuto dal XVI secolo.

Nella traballante staticità della situazione internazionale nata nel 1919 – un armistizio più che una pace vera e propria – e rispetto alle possibilità dell'Italia, quella di Grandi fu una politica estera realistica sino ai limiti del pessimismo, volta a far conquistare all'Italia un «peso determinante» e un ruolo di arbitro nello status quo dello scenario europeo, senza tralasciare la realizzazione del suo obiettivo storico: la creazione di un impero coloniale.

E sarebbero stati proprio quel realismo estremo e quel rifiuto di una ideologizzazione della politica estera i maggiori capi di accusa che, al momento del suo esautoramento, nel 1932, molti settori fascisti (con l'avallo di Mussolini) avrebbero elevato contro Grandi. Il «peso determinante», dunque: fu questo il leitmotiv della politica estera fascista sia nel periodo di Grandi, sia successivamente, quando il ministero fu guidato ancora da Mussolini in prima persona e poi, dall'11 giugno 1936, da Galeazzo Ciano.

Per conseguire quell'obiettivo la vera e propria ragion d'essere della politica estera fascista divenne il revisionismo. Del revisionismo tedesco, prima ancora dell'ascesa di Hitler al potere, Mussolini aveva in effetti bisogno e per questo lo alimentava e incoraggiava; fosse sostenuto dagli ambienti della destra militaristica e nazionalista o dai nazionalsocialisti, l'importante era che risultasse il più rumoroso possibile, così da affermare il ruolo di arbitro imparziale e decisivo dell'Italia.

Ciò significava non sbilanciarsi troppo né in tema di concessioni territoriali alla Germania (mentre si riteneva impossibile frenare una ripresa economica e un riarmo tedeschi), né sul piano ideologico, pena il dover rinunciare a un arbitrato fra Germania da una parte e Gran Bretagna e Francia dall'altra. È innegabile che questo tipo di politica estera diede i suoi frutti, almeno a breve termine, cioè sino al 1935. I timori provocati in Francia dalla politica revisionistica tedesca, particolarmente aggressiva dopo il successo di Hitler nel 1933, costituirono la molla decisiva per il riavvicinamento tra Parigi e Roma realizzato dal ministro degli Esteri francese Pierre Laval.

Mussolini aveva così eliminato le resistenze ideologiche ed egoistiche della Francia, e sistemato le pendenze italo-francesi. Ma sul tavolo, a questo punto, non c'erano più soltanto i timori destati dal revanscismo tedesco. Alla tentata annessione dell'Austria e all'uccisione del cancelliere Dollfuss, Mussolini contrappose tutta la sua fermezza; per dissuadere il Führer furono inviate quattro divisioni italiane tra il Brennero e Tarvisio. Il Duce seppe inoltre sfruttare la situazione per ottenere mano libera in Etiopia. Era il vecchio sogno africano che cominciava ad assumere contorni meno nebulosi con gli accordi tra Laval e Mussolini del gennaio 1935; era allo stesso tempo l'occasione per continuare a svolgere un ruolo decisivo per il mantenimento dell'equilibrio europeo. Si trattava, per l'Italia, di concretizzare quel «destino» africano che ben prima dell'avvento del fascismo e dell'enfasi mussoliniana del «posto al sole» aveva infiammato le speranze dei nazionalisti.

In realtà, poi, quel sogno incontrò più ostacoli del previsto. Questo, non tanto perché la Francia di Laval venisse meno al sostegno promesso, quanto piuttosto per una maggiore sensibilità dell'opinione pubblica britannica verso i principi della Società delle Nazioni; un ostacolo imprevisto dagli ambienti politico-diplomatici italiani, convinti che la Gran Bretagna non avrebbe compromesso a causa dell'Etiopia l'amicizia anglo-franco-italiana in Europa.

Ma il governo di Londra fu sensibile all'opinione pubblica, pur paventando il pericolo che il mancato *placet* alla politica coloniale italiana potesse favorire un avvicinamento fra Italia e Germania. In un certo senso, quindi, la politica della Società delle Nazioni – prima e dopo le sanzioni economiche e finanziarie da essa comminate il 7 ottobre 1935 all'Italia – ebbe il sopravvento su quelle che, a Parigi e soprattutto a Londra, apparivano le linee direttrici di un atteggiamento sostanzialmente favorevole alle pretese coloniali italiane.

Così la vicenda etiopica si sviluppò, sul piano diplomatico, in maniera tutt'altro che indolore, certo contro la volontà sia di Parigi sia di Londra, oltre ovviamente contro quella di Mussolini, che pure aveva messo in conto le possibili difficoltà provenienti da Ginevra. Per l'Italia, in particolare, si trattò di ridimensionare la politica del «peso determinante» che sino ad allora aveva caratterizzato la linea diplomatica seguita dal fascismo, soprattutto con Grandi; un ridimensionamento che non avrebbe però significato un netto abbandono di quella politica.

Tuttavia, nella seconda metà degli anni Trenta qualcos'altro intervenne a incrinarne la validità. In primo luogo, la partecipazione italiana alla Guerra civile spagnola, una operazione di scarso impegno sulla carta e nelle previsioni militari e politiche, ma che presto si trasformò in una sorta di trappola: non soltanto sul piano propriamente militare, ma anche per i suoi risvolti ideologici, ponendosi come scenario di uno scontro aperto tra fascismo e antifascismo. In realtà, sino al 1936 Mussolini aveva prestato ben scarsa attenzione alla Spagna, e lo stesso riavvicinamento fra Roma e Madrid durante la dittatura di Primo de Rivera aveva implicato solo un relativo coinvolgimento, anche sul piano ideologico. Né l'Italia ebbe alcun ruolo nell'ideazione e nella preparazione della sollevazione militare del 17 luglio del '36. L'intervento – prima con aiuti militari, poi con l'invio di truppe – fu determinato non da motivazioni ideologiche, dalla volontà di instaurare in Spagna un regime di tipo fascista, o da considerazioni di ordine economico, ma soltanto da ragioni politico-strategiche tradizionali, legate soprattutto al timore che la Spagna potesse sul piano politico e militare collegarsi strettamente alla Francia.

Sin dall'inizio, Franco tempestò l'Italia di richieste d'aiuto: 12 aerei da trasporto, 12 aerei da ricognizione, 10 aerei da caccia, 3000 bombe per aerei, 40 mitragliatrici contraeree. Il 26 luglio il governo italiano decise di vendere alla Spagna (per oltre un milione di sterline) 12 aerei dopo che si era cercato di sondare il terreno circa l'opportunità di un impegno italiano nel conflitto civile spagnolo. «La Spagna» aveva riferito il 21 luglio il colonnello del Servizio di informazioni militari Emilio Faldella al generale Roatta «è come una sabbia mobile; se si mette dentro la mano, ci si va dentro del tutto. Se le cose andranno male, si darà la colpa a noi; se andranno bene, ci si dimenticherà. Però qualcosa bisogna fare, senza impegnarci apertamente.» Tra i più propensi a «fare qualcosa» per gli insorti spagnoli – per il momento a livello di aiuti, in seguito per un intervento vero e proprio – c'era Galeazzo Ciano, mentre Mussolini rimase a lungo incerto (all'inizio, anzi, nettamente contrario a fornire gli aiuti richiesti). Si decise, il Duce, soprattutto dopo aver saputo che Léon Blum intendeva inviare aerei e armi al governo repubblicano per soffocare la ribellione e che Franco si era rivolto per aiuti anche a Berlino.

Fu proprio la Germania a spingere l'Italia sempre più nelle «sabbie mobili» spagnole, contando di pregiudicare così le possibilità di un riavvicinamento italo-inglese. Di qui le abili sollecitazioni tedesche all'impegno italiano, incoraggiate da alcune azioni concrete, presto ridimensionate per non amplificare l'effettiva partecipazione del Reich alla guerra. Una vera e propria «trappola», quella tesa dalla Germania all'Italia, di cui Ciano, che con grande leggerezza e avventatezza aveva avocato a sé la direzione della questione spagnola, non si rese minimamente conto.

Ma a spingere l'Italia a un impegno sempre più deciso in Spagna avrebbe influito molto anche la partecipazione dell'antifascismo a fianco dei repubblicani: la presenza, nella coalizione guidata da Largo Caballero, accanto a repubblicani e socialisti, dei comunisti fu considerata come una sfida dal governo di Roma, che paventò il pericolo di una infezione «rossa» che avrebbe potuto contaminare la stessa Italia.

Oltretutto Franco volle insistere proprio sul tasto della «crociata antibolscevica» dal momento che aveva ormai contro non solo la Spagna rossa, ma l'URSS. A quella «crociata» erano chiamate a collaborare l'Italia e la Germania, non tanto con uomini (che Franco in effetti non richiese mai), ma con un numero sempre crescente di aerei, carri armati, armi anticarro, sommergibili, cacciatorpediniere. Sul fronte interno, pressioni per un più diretto impegno italiano nella guerra civile spagnola vennero da parte del clero cattolico, dei gruppi fascisti moderati vicini alla Chiesa, del Partito nazionale fascista e della Milizia. In effetti, l'unico vero tentativo di interferire politicamente e ideologicamente nella vicenda spagnola fu compiuto (con risultati invero ininfluenti) da Farinacci.

Negli ultimi mesi del '36 cominciò ad affacciarsi la possibilità di un passaggio dalla fase degli aiuti a quella dell'intervento vero e proprio. Ancora una volta a frenare fu lo stesso Mussolini che, pur dicendosi favorevole a una intensificazione degli aiuti in mezzi, avrebbe sostenuto che grandi unità militari dovevano essere inviate solo nel caso che i sovietici lo avessero fatto per primi. Mussolini decise comunque di inviare 3000 camicie nere a «innervare le formazioni nazionali spagnole» senza consultare lo stesso Franco, che avrebbe lamentato: «Quando si mandano truppe in un Paese amico, si chiede almeno il permesso!». A fine dicembre i primi battaglioni della Milizia arrivarono a Cadice: 10.000 uomini, divenuti circa 50.000 a metà febbraio del 1937.

A un mese di distanza, la sconfitta subita dal corpo delle truppe volontarie italiane a Guadalajara si trasformò subito in fatto politico, suscitando gli entusiasmi degli antifascisti e inferendo un duro colpo al prestigio del fascismo e di Mussolini. Le corrispondenze dalla Spagna di Ernest Hemingway dipinsero un evento militarmente ininfluente come una delle più «decisive battaglie della storia di tutti i tempi». Guadalajara comunque condannò l'Italia a impegnarsi sempre più nelle «sabbie mobili» spagnole e, seppur riscattata moralmente il 26 agosto del '37 – quando i legionari italiani entrarono alla testa delle truppe nazionaliste a Santander –, confermò l'immagine di una Spagna «palla al piede» per l'Italia fascista e per Mussolini. Anche perché, sin da allora, Franco seppe giocare d'astuzia nei confronti dell'alleato italiano: di fronte alle ricorrenti voci su un possibile ritiro delle truppe italiane dalla Spagna, parlò di una «sensazione di abbandono» che quel ritiro avrebbe destato in tutto il mondo.

L'appoggio concesso dall'Italia fascista a Franco – rivelatosi importante per la vittoria, sul piano diplomatico come su quello militare – non comportò comunque una rottura con la Gran Bretagna. Alla contrapposizione con Londra non si arrivò nemmeno dopo la stipula dei primi accordi con la Germania; non si spiegherebbe altrimenti come mai, a pochi mesi dalla firma dei protocolli di Berlino del 23 ottobre 1936, Ciano e l'ambasciatore britannico Drummond stipulassero, il 2 gennaio 1937, il *Gentlemen's agreement*, quale garanzia reciproca della libertà di navigazione nel Mediterraneo e del rispetto dello status quo politico e territoriale in quel mare. Ancora Londra sarebbe apparsa l'interlocutrice privilegiata di Roma quando ormai l'*Anschluss* sembrava ineluttabile. Anzi, proprio questa previsione – rivelatasi di lì a un mese fondata – favorì l'intensificarsi dei rapporti tra Roma e Londra. E ancora nel senso di un riequilibrio rispetto alla Germania sono da interpretarsi i successivi «accordi di Pasqua» italo-britannici, firmati da Ciano e Drummond, che sanzionavano in pratica il riconoscimento ufficiale del ruolo di potenza mediterranea dell'Italia. Mussolini era del resto cosciente dell'ineluttabilità e anche dei rischi che l'*Anschluss* avrebbe comportato: per le sue ripercussioni sul piano internazionale, per la possibilità di una alterazione dell'equilibrio in tutta l'Europa centromeridionale e orientale che avrebbe rischiato di far fallire la politica italiana di penetrazione nel bacino danubiano-balcanico, per la pressione anche strategico-militare sui confini settentrionali dell'Italia da parte dei due Paesi di lingua tedesca unificati.

Dopo l'entrata delle truppe tedesche in Austria il 12 marzo 1938, la trasformazione legislativa dell'Austria in una provincia del Reich tedesco e la plebiscitaria sanzione dell'unione dei due Paesi, Mussolini cercò di ridimensionare lo scacco subito (almeno sul piano del prestigio), negando che l'Italia avesse mai avuto l'intenzione di difendere l'indipendenza austriaca o che fossero mai esistiti impegni in tal senso, scritti o verbali. Sempre più faticosamente, dunque, l'Italia tentò di riacquistare una propria autonomia fra i due blocchi contrapposti e di dilazionare la conclusione dell'alleanza sollecitata invece da Hitler. Un tentativo che proseguì ancora negli ultimi mesi del 1939 e agli inizi del '40, dopo quindi lo scoppio delle ostilità, sia attraverso una serie di confusi contatti per favorire la

1922. La Marcia su Roma.

Sopra: i quadrumviri (Michele Bianchi, Italo Balbo, Cesare Maria De Vecchi, Emilio De Bono).

Mussolini, sopra nel 1923 e sotto nel 1927, presenzia due cerimonie.

Nella pagina accanto: 1923. Il re Vittorio Emanuele III si reca in Parlamento.

1927. Mussolini a villa Torlonia per le nozze della nipote.
Accanto a lui la figlia Edda.
Il consiglio direttivo dell'Associazione combattenti ricevuto dal Duce.

1927. Campeggio del SUCAI a Courmayeur.
I prodotti dell'Agro Pontino offerti in omaggio a Mussolini.

1927. Il Duce riceve a villa Torlonia la missione yemenita.

Nella pagina accanto: Roma, Mussolini a una riunione del Gran Consiglio fascista e mentre visita un cantiere.

1928. Il Duce inaugura la nuova caserma della Milizia e incontra la Legione marinaretti «Flavio Gioia».

1929. La firma dei Patti lateranensi.

1938. La partenza di Hitler da Roma dopo il viaggio in Italia.

1939. Milano: arrivo di von Ribbentrop alla Stazione centrale.

Roma, via dell'Impero: la Giornata dell'esercito.

1941. Marinai italiani in un porto greco.

1941. Roma, il Gruppo fascista «Rino Moretti» durante la raccolta di rottami metallici.

Nella pagina accanto: 1944. La Befana fascista al ministero della Cultura popolare.

Milano: Comando regionale provinciale, preparazione di 12.000 pacchi per le forze armate.

BEFANA FASCISTA
ANNO XXII
DELLA CULTURA POPOLARE

1944. Hitler saluta il Duce dopo la sua liberazione.

Nella pagina accanto: 1944. Verona: processo dei gerarchi fascisti e fucilazione di Ciano (12 gennaio).

1945. Milano: nel cortile del Castello sforzesco, i battaglioni della brigata nera «Aldo Resega» in occasione del giuramento.

Salò: il Duce passa in rivista 82 soldati rientrati dalla Grecia al comando del maresciallo tedesco Bohr.

creazione di un blocco neutrale danubiano-balcanico sostenuto dall'Italia, sia con le pressioni operate da Mussolini su Hitler per indurlo ad accettare l'idea di una trattativa con gli anglo-francesi. Il 5 gennaio 1940 gli avrebbe scritto:

> Vale la pena, ora che avete realizzato la sicurezza dei vostri confini orientali e creato il grande Reich di 90 milioni di abitanti, di rischiare tutto – compreso il regime – e di sacrificare il fiore delle generazioni tedesche per anticipare la caduta di un frutto che dovrà fatalmente cadere e dovrà essere raccolto da noi che rappresentiamo le forze nuove d'Europa? Le grandi democrazie portano in se stesse le ragioni della loro decadenza.

Non si trattava di un tentativo di sganciamento vero e proprio dagli impegni assunti dall'Italia con la Germania. Non uno sganciamento, ma indubbiamente una speranza – che gli eventi avrebbero subito dimostrato drammaticamente vana – di poter far riassumere all'Italia fascista un ruolo di mediatrice a un ipotetico tavolo di una pace di compromesso. Gradualmente Mussolini si impegnava a fungere da carta di riserva di Hitler, innanzitutto sul piano politico-diplomatico, poi su quello economico e infine su quello militare («quando l'aiuto» così si espresse il Duce «non vi sia di peso ma di sollievo»). L'impegno assunto con la Germania hitleriana significava comunque l'ammissione del sostanziale fallimento della politica estera fascista, così come era stata condotta nel corso degli anni Trenta. Divenne chiara l'immagine di un'Italia priva di un reale peso politico, soprattutto quando venne a cadere anche la funzione di grande mediatrice che, con gli accordi di Monaco del 30 settembre 1938 con Hitler, Chamberlain e Daladier, Mussolini le aveva assegnato: ultima riproposizione del vecchio *refrain* del «peso determinante». Ma ormai la scelta era solo tra la neutralità o l'affiancamento a un alleato più forte.

Improponibile la prima (anche per ragioni storico-geografiche), rimaneva la seconda, anche se difficilmente accettabile per motivi di prestigio. Si volle perciò ricorrere alle parentele ideologiche (più artificiose che reali) tra i due regimi: in questo senso si espresse il testo del Patto d'Acciaio firmato il 22 maggio 1939 a Berlino da Ciano e von Ribbentrop, in cui si affermò la necessità della solidarietà di Italia e Germania nella conquista dello «spazio vitale». Per l'Italia lo spazio vitale era rappresentato, secondo l'ottica mussoliniana, dal Mediterraneo. Per controbilanciare l'occupazione tedesca della Boemia, Mussolini rivolse la sua attenzione all'Albania, che fu occupata dalle truppe italiane senza colpo ferire nell'aprile del 1939 – un mese prima, quindi, degli accordi berlinesi – con quella che fu definita una scampagnata disturbata da qualche colpo di fucile.

Almeno nominalmente, dunque, il Patto d'Acciaio muoveva da comuni motivazioni ideologiche: quell'ideologia, che Dino Grandi aveva tentato di tener separata dalla politica estera, riprendeva così il sopravvento e si coniugava a essa, in un rapporto che il diverso spessore dei due contraenti avrebbe reso sin dall'inizio impari sul piano economico e militare.

Fascismo e nazismo

Una pirotecnica facciata di ricevimenti e banchetti ufficiali e di manifestazioni spettacolari fa da cornice, nella prima decade del maggio 1938, al viaggio di Hitler in Italia. Dal 3 al 10 maggio al Führer e al suo imponente seguito di quasi cinquecento persone, fra cui tutti i ministri e i militari più in vista, furono propinate parate militari (come quella di 30.000 uomini sulla via dei Trionfi), una rivista navale a Napoli, varie esercitazioni militari e civili con il contorno di un'accoglienza popolare che, se non manifestò eccessivo entusiasmo, colpì tuttavia favorevolmente gli ospiti tedeschi. Alla scenografia nazista, manifestatasi in tutta la sua grandiosità qualche mese prima a Berlino, durante la visita di Mussolini, il Duce volle contrapporre la propria in modo tale da coprire, almeno agli occhi dell'uomo della strada, resistenti diffidenze e ostilità, nonché l'intento italiano di non legarsi troppo le mani con precisi e impegnativi accordi politici con la Germania.

Diffidenze più o meno manifeste in Vittorio Emanuele III, che vedeva in Hitler «una specie di degenerato psico-fisico» e in Pio XI che, durante la visita del Führer, si era ritirato a Castel Gandolfo (lasciando chiusi i Musei vaticani) non senza aver deprecato che a Roma fosse stata in quei giorni innalzata «l'insegna di un'altra croce che non è la croce di Cristo». Diffidenze non mancavano nello stesso campo fascista, anche se pochi avevano avuto il coraggio di esternarle apertamente a

Mussolini. Il Duce, non meno incerto e perplesso, non avrebbe del resto accettato consigli al riguardo, soprattutto se fossero venuti dalla Corona, dal Vaticano o dalla borghesia. Inoltre le riserve italiane verso il Führer, attutite dalla speranza che l'Italia non si spingesse troppo oltre nei rapporti con la Germania nazista, avevano una motivazione troppo recente per essere ingiustificata. Troppo recente era, infatti, l'*Anschluss* e troppo cocente lo smacco che esso aveva rappresentato per tutti (Mussolini compreso) per non riacutizzare diffidenze e per non far riaccendere i timori per la questione dell'Alto Adige, dove, sotto la spinta della propaganda nazista, sembrava che i 212.000 tedeschi stessero alzando un po' troppo la testa. Lo stesso Mussolini si dichiarò pronto, pochi giorni prima della visita di Hitler in Italia, a scatenare «la più dura guerra nella quale coalizzare contro il germanesimo tutto il mondo», e a mettere «a terra la Germania per almeno due secoli», se i tedeschi dell'Alto Adige avessero pensato di spostare di un sol metro il palo di frontiera.

Vecchi e più recenti motivi di perplessità e di timore avevano dunque segnato la vigilia del viaggio del Führer e lo stesso andamento degli incontri politici, scatenando le ire soprattutto del ministro degli Esteri del Reich, il bellicista von Ribbentrop. Nelle dichiarazioni ufficiali al termine del pranzo in onore dell'ospite a palazzo Venezia, Mussolini, quanto mai generico, non andò oltre espressioni di prammatica sulla «legge etica dell'amicizia», sulla «comunanza ideale» e sulla «collaborazione», assegnando alla Germania e all'Italia il compito di favorire «un regime di convivenza internazionale» che potesse «instaurare equamente per tutti garanzie più effettive di giustizia, di sicurezza e di pace», indispensabili per «preservare le basi stesse della civiltà europea». Hitler, più appassionato, sottolineò la comunanza di interessi e ideologie fra Germania e Italia e «la fatalità di un destino» comune alle due razze, pronto ad assicurare nuovamente l'intangibilità della «frontiera delle Alpi eretta tra noi dalla natura». Una assicurazione che non rispecchiava certo il pensiero di altri esponenti nazisti, in Germania e in Alto Adige, più propensi a fare della questione sudtirolese un'arma di costante ricatto per l'Italia.

Si rifletteva peraltro, sul clima degli incontri politici del maggio 1938, anche la sostanziale diffidenza con cui, sin dagli anni Venti, il fascismo aveva guardato al movimento hitleriano: il fallito putsch di Monaco del 9 novembre 1923 e l'irrilevante risultato elettorale del maggio 1928 (solo 809.000 voti su 29 milioni e mezzo) non erano eventi tali da suscitare un soverchio interesse per un gruppuscolo che sembrava destinato a rapida estinzione, al di là dei suoi tentativi di «scimmiottare» il fascismo italiano. Sembrava meritare più attenzione un'organizzazione come quella degli ex combattenti dello Stahlhelm (gli Elmetti d'acciaio), ben più consistente sul piano numerico e strutturale. Con questa e altre organizzazioni di estrema destra furono perciò avviati alcuni contatti.

Per contro, l'interesse con cui Hitler guardava al fascismo e a Mussolini era così forte da spingerlo a sacrificare la sorte dei tedeschi dell'Alto Adige sull'altare di una collaborazione fra Germania e Italia. L'ammirazione per il fascismo, per la Marcia su Roma come «svolta decisiva della storia», tale da costituire una spinta notevole per l'allora «gracile pianta» del nazionalsocialismo, non indusse tuttavia Hitler a confondere le due rivoluzioni: la mancata presa di coscienza del «pericolo giudaico» e i condizionamenti della monarchia dei Savoia erano per il Führer due gravosi freni al dispiegamento dell'azione del regime mussoliniano. L'ammirazione di Hitler per Mussolini non conosceva invece limiti. La personalità del capo del fascismo lo aveva letteralmente affascinato, al punto che per molto tempo egli lo considerò come il proprio maestro. Un amore a lungo non corrisposto: dopo avere continuamente procrastinato la data di un colloquio diretto tanto desiderato dal suo «allievo» tedesco, soltanto nel giugno del 1934 il Duce decise di incontrare Hitler a Venezia, ma volle dare a quell'avvenimento un carattere più personale che politico.

L'atteggiamento di scarsa considerazione a lungo mantenuto dal fascismo per il movimento nazionalsocialista mutò improvvisamente dopo i risultati delle elezioni politiche tedesche del 14 settembre del 1930. Il balzo in avanti dei nazionalsocialisti, che divennero la seconda forza politica tedesca, fu di proporzioni imprevedibili: da 809.000 passarono a quasi 6 milioni e mezzo di voti e da 14 a 107 deputati. Dopo le prime reazioni di soddisfazione per l'idea fascista che si faceva «strada nel mondo», i successivi commenti italiani furono dominati ora dal compiacimento, ora dall'incertezza o dal timore. Ma soprattutto dall'intento di diversificare la carica universale del fascismo da quella troppo particolaristica, rigida e demagogica di un movimento sorto unicamente grazie agli errori di Versailles e alla disastrosa crisi economica della Germania. Il successo elettorale nazionalsocialista dunque, pur inducendo i fascisti a giudizi meno affrettati e superficiali, non mutò di molto le opinioni sull'affidabilità del movimento e del suo capo, che Mussolini continuò a considerare un invasato, autore di un libro, il *Mein Kampf*, «illeggibile», contornato di fanatici e omosessuali, letteralmente malato di ideologie razziste e antisemitiche, in ultima analisi un politico di non grande statura. Un giudizio non certo infondato, ma che conteneva una pericolosa sottovalutazione dell'«allievo».

Del resto l'atteggiamento del Duce era piuttosto contraddittorio: da una parte si intensificavano i contatti fra il partito hitleriano e il Partito nazionale fascista e i viaggi di esponenti nazisti in Italia, dall'altra proseguivano le manovre italiane per favorire la nascita di un fronte nazionale di destra, dominato dagli Elmetti d'acciaio in funzione moderatrice delle velleità naziste. Una contraddizione che si risolse il 30 gennaio del '33 con la nomina di Hitler a cancelliere del Reich. Le prime manifestazioni di antisemitismo di Stato, accolte con dure e preoccupate reazioni in Francia e Gran Bretagna, non potevano non destare imbarazzo in Italia. La stessa stampa fascista, pur monopolizzata e controllata dal regime, rispecchiò gli umori di un'opinione pubblica che non aveva accolto con entusiasmo l'ascesa di Hitler e i propositi chiaramente revanscisti, razzisti, ultranazionalisti del suo programma, già oggetto negli anni precedenti di condanne dell'episcopato tedesco e della stampa cattolica italiana.

Il «patto a quattro» del giugno 1933 fra Italia, Germania, Gran Bretagna e Francia, fortemente voluto da Mussolini, sul piano diplomatico internazionale ebbe una vita breve ma non del tutto infruttuosa. Presto un altro nodo sarebbe venuto a turbare i non facili rapporti fra Italia fascista e Germania nazionalsocialista: la questione austriaca. Di fronte ai tentativi degli elementi pangermanisti, austriaci e tedeschi di pervenire all'*Anschluss*, Mussolini decise di puntare le proprie carte sul cancelliere viennese Dollfuss. Nel corso di alcuni incontri avuti con lui nel 1933, Mussolini cercò infatti di convincere il proprio interlocutore (non del tutto disposto a legarsi mani e piedi all'Italia) ad agire con la massima risolutezza all'interno contro nazionalsocialisti e socialdemocratici, e ad attuare all'esterno una politica di stretta collaborazione con l'Ungheria. La strategia mussoliniana tesa soprattutto a contenere la spinta tedesca verso sudest avrebbe dato, nei mesi successivi, l'impressione di riuscire nel proprio intento, nonostante il radicalizzarsi della lotta politica in Austria sotto la spinta del terrorismo nazista.

La questione austriaca, al centro delle attenzioni e delle preoccupazioni delle cancellerie europee e dei colloqui veneziani fra Hitler e Mussolini, riesplose drammaticamente il 25 luglio 1934, quando i nazionalsocialisti tentarono un putsch per rovesciare Dollfuss e realizzare l'*Anschluss*. Il tentativo (di cui forse Hitler era all'oscuro) fallì, ma durante gli scontri Dollfuss fu ucciso. La risposta di Mussolini fu quanto mai dura: inviò un telegramma al vicecancelliere austriaco in cui, nell'esprimere il dolore per la tragica fine di Dollfuss, rivendicava l'impegno dell'Italia a difendere l'indipendenza austriaca e condannava più i mandanti lontani che gli esecutori stessi del putsch. Alla stampa venne dato mandato di calcare la mano contro il governo tedesco, il cancelliere e l'intera nazione tedesca. In aggiunta a tutto ciò – e questo era il lato rischioso della risposta di Mussolini – quattro divisioni italiane di stanza tra il Brennero e il Tarvisio furono poste in allarme e alcuni reparti affluirono verso la frontiera. Queste reazioni celavano anche una più ampia manovra di Mussolini soprattutto nei confronti della Francia, alla quale si volevano dimostrare le profonde differenze (soprattutto di «civiltà») esistenti tra fascismo e nazionalsocialismo. Una manovra sostenuta anche attraverso alcuni interventi pubblici di grande effetto e risonanza. Basti pensare a quanto Mussolini avrebbe affermato il 6 settembre a Bari:

> Trenta secoli di storia ci permettono di guardare con sovrana pietà talune dottrine di oltr'Alpe, sostenute dalla progenie di gente che ignorava la scrittura, con la quale tramandare i documenti della propria vita, nel tempo in cui Roma aveva Cesare, Virgilio e Augusto.

Toni duri e irrisori insieme, che preoccuparono sia il governo sia l'opinione pubblica in Germania, ma che non devono nemmeno far pensare a una volontà di rottura con Berlino. Mussolini volle solo agitare lo spauracchio della Germania nei confronti delle indecisioni francesi, che furono alla fine vinte con l'accordo Mussolini-Laval del gennaio 1935: il maggiore successo del fascismo e del Duce in Europa e nel mondo. Un successo a cui contribuì, insieme ad altri fattori, il confronto tra fascismo e nazionalsocialismo, l'immagine più umana, pacifista e conservatrice dello status quo europeo espressa dal fascismo rispetto al regime hitleriano. Ciò che contribuì a far riavvicinare Roma e Berlino, secondo gli auspici più volte avanzati da un Hitler «addolorato» per la piega degli avvenimenti dopo il luglio del '34, fu il conflitto etiopico, sin dalla sua fase preparatoria. Di fronte a eventuali resistenze britanniche e francesi alla politica italiana in Africa orientale, qualche ponte, qualche strada aperta con Berlino bisognava pure lasciarla. Era questa anche l'opinione di alcuni settori dirigenti del fascismo e della stessa diplomazia, secondo cui c'era da chiedersi se l'indipendenza di un «cadavere» come l'Austria valesse l'amicizia della Germania. Così nel gennaio del '36 Mussolini espresse all'ambasciatore von Hassell la disponibilità italiana ad ammettere che un'Austria formalmente indipendente potesse porsi sulla scia della Germania, soprattutto in politica estera.

Ma se lo scopo di Mussolini era quello di ottenere dalla Germania un più deciso sostegno, diplomatico e materiale, al momento delle sanzioni, questa volta fece male i suoi calcoli. La Germania hitleriana era interessata a che il conflitto italo-etiopico non soltanto fosse il più lungo e difficile possibile, ma portasse a un progressivo isolamento internazionale dell'Italia, allontanandola dalle potenze occidentali e gettandola automaticamente nelle proprie braccia. E inoltre, un'Italia impegnata in un conflitto dispendioso sul piano militare e su quello economico non avrebbe avuto né tempo né modo per proseguire la politica filoaustriaca e filoungherese, abbandonando così quelle regioni e l'intera penisola balcanica alle mire di Berlino. Di qui, il tiepido appoggio tedesco all'Italia sul piano diplomatico, e lo scarso sostegno economico al momento delle sanzioni, senza contare che la Germania, prima e subito dopo l'inizio delle ostilità, aveva, attraverso canali secondari, rifornito militarmente l'Etiopia per un ammontare di 1.200.000 marchi.

Per molti versi il calcolo di Hitler si rivelò esatto: l'isolamento internazionale dell'Italia indusse Mussolini a riavvicinarsi alla Germania. Ma fu, quella fascista, una politica contraddittoria e in definitiva temporeggiatrice: nel marzo del '36, quando la Germania decise unilateralmente di rimilitarizzare la Renania, l'Italia si limitò a barcamenarsi tra assicurazioni ai tedeschi, ammiccamenti ai francesi, rafforzamento dei contatti con ungheresi e austriaci. Nonostante avesse fatto veramente ben poco a livello diplomatico-economico per favorire la vittoria italiana in Etiopia, Hitler espresse la piena disponibilità, senza «alcuna contropartita», al riconoscimento dell'Impero. Rimaneva, come limite al miglioramento delle relazioni italo-tedesche, lo scoglio dell'Austria, ma Mussolini cominciò ad abituarsi all'idea che l'indipendenza austriaca non potesse essere mantenuta in eterno, e che l'inderogabile «soluzione finale» potesse al massimo essere rinviata. Incontrando il cancelliere austriaco von Schuschnigg, il Duce approvò quindi la linea politica adottata giocoforza da Vienna per la ripresa della «naturale amicizia» dell'Austria con il Reich tedesco.

Con la questione austriaca in pratica «congelata», il riavvicinamento fra Roma e Berlino avrebbe assunto cadenze più vivaci soprattutto dal giugno 1936, sotto la spinta del nuovo ministro degli Esteri: Galeazzo Ciano. Non si erano certo attenuate le diffidenze nutrite da Mussolini per Hitler, e nemmeno si poteva dipingere Ciano come un filonazista. Si trattava, più semplicemente, di una variante della tattica mussoliniana di utilizzare lo spauracchio tedesco per ammorbidire le tenaci resistenze di Londra e Parigi, acuitesi dopo la guerra d'Etiopia. Una tattica anche troppo palese che non avrebbe ingannato britannici e francesi, convinti che Mussolini non si sarebbe mai legato veramente a Hitler. La visita in ottobre di Ciano in Germania, al di là del risalto propagandistico dato agli incontri da lui avuti con il suo collega tedesco von Neurath e con lo stesso Hitler a Berchtesgaden, non ebbe in apparenza grandi risultati. In realtà il viaggio di Ciano si concluse con un successo rilevante: la firma di un protocollo segreto di collaborazione tra i due governi (anche se ancora abbastanza generico) e soprattutto la consegna a Hitler di una serie di documenti provenienti «di straforo» dal Foreign Office sul «pericolo tedesco», con cui Ciano si riprometteva chiaramente di mettere i bastoni tra le ruote al vociferato accordo fra Germania e Gran Bretagna. Ancora più importanti, comunque, i contenuti del discorso del 1° novembre di Mussolini a Milano, quando, con riferimento agli incontri berlinesi di Ciano, il Duce definì la «verticale Berlino-Roma un'asse attorno alla quale possono collaborare tutti gli Stati europei animati da volontà di collaborazione e di pace». E nello stesso tempo indirizzò un chiaro invito alla Gran Bretagna a trovare un accordo con l'Italia nel bacino del Mediterraneo, «una strada», «una scorciatoia» per gli inglesi, «la vita, per noi italiani». Un auspicio accompagnato da una roboante minaccia in perfetto stile mussoliniano:

> Ma se così non fosse, se veramente, cosa che io escludo sin d'oggi, si meditasse, veramente, di soffocare la vita del popolo

italiano in quel mare che fu il mare di Roma, ebbene si sappia che il popolo italiano balzerebbe come un solo uomo in piedi, pronto al combattimento; con una decisione che avrebbe rari precedenti nella storia.

L'invito fu raccolto da Londra e portò il 2 gennaio del '37 alla firma del *Gentlemen's agreement*, accordo piuttosto vago che sanciva il riconoscimento degli interessi italiani nel Mediterraneo. Una visita del Duce in Germania era annunciata da tempo e desiderata soprattutto da Hitler, ma era stata sempre procrastinata da Mussolini per ragioni di opportunità legate ai mutevoli rapporti con Gran Bretagna e Francia. Un tira e molla che non poteva comunque durare all'infinito e che in effetti si concluse nel giugno del 1937 con l'accoglimento dell'invito e, dal 25 al 29 settembre, con il viaggio del Duce in Germania. Indubbiamente l'apparato coreografico allestito dalla propaganda nazionalsocialista a Berlino dovette colpire Mussolini ancor più delle grandi manovre nel Magdeburgo e dell'efficienza produttiva delle officine Krupp a Essen. Parlando al Campo di Maggio davanti a una folla calcolata su un milione di persone, il Duce si presentò non solo come capo del governo italiano, ma come capo di una rivoluzione che esprimeva la propria solidarietà con quella delle «camicie brune». Fascismo e nazionalsocialismo avevano molto in comune a livello ideologico e si distinguevano, secondo Mussolini, dalle democrazie capitaliste (più tardi sarebbe comparso l'aggettivo «plutocratiche») per il loro andare verso il popolo e per il sincero e totale consenso che da quel popolo entrambi ricevevano.

Non è facile dare un giudizio definitivo sul carattere di quella visita. Molti in Italia temettero allora che con il viaggio in Germania Mussolini si fosse troppo sbilanciato con il regime hitleriano. Ammonimenti in tal senso gli furono rivolti anche dal vecchio «vate» Gabriele D'Annunzio che, lasciando per qualche ora la «prigione dorata» del Vittoriale dove stava concludendo i propri giorni, ormai piuttosto estraniato dalla vita pubblica, ebbe un breve incontro con il Duce alla stazione ferroviaria di Verona e gli ribadì – secondo la testimonianza del fedele architetto Maroni – il duro giudizio sull'«imbianchino» Hitler. Né i diffusi timori si placarono di fronte alle rassicuranti dichiarazioni di Mussolini, secondo cui la stretta collaborazione tra le due rivoluzioni, rinsaldata dagli indelebili ricordi delle accoglienze ricevute e dei colloqui con Hitler, si poneva come obiettivi primari la rinascita dell'Europa e la pace tra i popoli.

È comunque certo che lo sbilanciamento verso la Germania hitleriana c'era stato, ed era forse risultato più decisivo di quanto si desiderasse da parte italiana. Lo dimostrarono non soltanto le mosse italiane dei mesi immediatamente successivi – l'adesione al patto nippo-germanico anticomunista, trasformato nel Tripartito in ottobre, e il ritiro, in dicembre, dalla Società delle Nazioni –, quanto soprattutto le mosse tedesche. L'Asse Roma-Berlino era ormai difficilmente conciliabile con il mantenimento dell'indipendenza austriaca e con il tentativo di porre freni alle mire espansionistiche hitleriane.

Le truppe tedesche entrarono in Austria il 12 marzo 1938. Le reazioni ufficiali italiane, questa volta, si sarebbero limitate alle dichiarazioni di Mussolini sull'inopportunità che l'Italia continuasse a difendere l'indipendenza dell'Austria contro la volontà degli austriaci stessi. Un evento «fatale» come l'*Anschluss* aveva peraltro rappresentato, secondo Mussolini, il vero e proprio «collaudo» dell'Asse, e dimostrato come le due nazioni potessero «marciare insieme per dare al nostro travagliato continente un nuovo equilibrio, che permetta finalmente la pacifica e feconda collaborazione di tutti i popoli». L'*Anschluss* e la successiva visita di Hitler in Italia avrebbero finito per allineare sempre più l'Italia alla Germania, nonostante le resistenze e i rinvii opposti da Mussolini alle pressioni tedesche per un patto militare; nonostante, soprattutto, l'impopolarità di un'alleanza tra i due Paesi, sottolineata con forza da Italo Balbo, secondo il quale il popolo italiano era del tutto indifferente alle vere o presunte affinità ideologiche tra nazionalsocialismo e fascismo.

Altrettanto impopolare a livello di opinione pubblica e di

qualificati ambienti del regime stesso fu, sul finire del 1938, l'introduzione in Italia della legislazione antisemita. È innegabile che alcuni e non marginali settori si sarebbero allineati alle misure razziste, per cementare l'accordo con la Germania, per preservare la cultura tradizionale e cattolica da quella moderna – che trovava nella «mentalità ebraica» o nella «colpa» originaria degli ebrei le proprie origini – o per farne una cartina di tornasole contro la borghesia; ma è anche vero che fu troppo brusco l'impatto della legislazione razziale e antisemita su una società storicamente immune da quel virus. Soprattutto per questo, sulla campagna per la razza la propaganda fascista fallì clamorosamente, portando tanti italiani a distaccarsi, almeno psicologicamente, dal regime, a guardarlo magari con occhi diversi e in taluni casi a passare all'opposizione. Per altri il fatto che la persecuzione fascista contro gli ebrei fosse condotta piuttosto blandamente, all'«italiana», avrebbe costituito un comodo alibi dietro cui nascondere il proprio opportunismo e tacitare eventuali rimorsi di coscienza.

Intanto la Germania, sempre più rassicurata sul fronte italiano, accentuava il carattere aggressivo della propria politica estera. Dopo l'Austria l'attenzione si spostò sulla Cecoslovacchia, al cui interno, nella regione montuosa dei Sudeti, vivevano oltre 3 milioni di tedeschi. La crisi internazionale che ne scaturì (con la Francia pronta a intervenire a fianco della Cecoslovacchia e la Gran Bretagna impegnata in un'ardua opera di mediazione) riportò alla ribalta Mussolini nella sua veste di «moderatore» dell'estremismo nazionalsocialista. Quando ormai sembrava che il conflitto fosse inevitabile, con l'esercito tedesco mobilitato per il primo pomeriggio del 28 settembre, Mussolini riuscì a convincere Hitler a rinviare di ventiquattr'ore l'inizio delle operazioni militari e ad accettare di partecipare quello stesso giorno a una conferenza quadripartita, a Monaco, cui avrebbero presenziato anche Chamberlain e Daladier.

L'accordo firmato il 30 settembre rappresentò in effetti soltanto uno slittamento della disgregazione della Cecoslovacchia e consentì a Gran Bretagna, Francia e Germania di rendere adeguata la loro produzione e preparazione militare. Quanto a Mussolini, gli accordi di Monaco significarono, oltre al prestigio a livello interno e internazionale, anche la possibilità (praticamente l'ultima, prima dell'inizio del secondo conflitto mondiale) di riacquistare una posizione di equidistanza fra anglo-francesi e tedeschi. Anche la volontà di mantenere questo ruolo fu alla base della firma del Patto d'Acciaio. A Berlino, dopo lunghe trattative, il 22 maggio 1939 von Ribbentrop e Ciano siglarono, in una solenne cerimonia alla presenza di Hitler e Göring, un'alleanza politico-militare tra Germania e Italia. Al di là delle dichiarazioni ufficiali, le riaffermate assicurazioni sulla volontà di pace riguardavano in realtà la sola Italia; per la Germania il patto avrebbe anzi costituito un incentivo a una politica di aggressione su più vasta scala.

In effetti, il «miracolo» di Monaco non si sarebbe più ripetuto; di fronte alla politica espansionistica della Germania hitleriana, non ebbero effetto le obiezioni di Mussolini sull'impreparazione italiana e sull'impossibilità di localizzare un prossimo conflitto. E analogo insuccesso incontrò la proposta di riunire una conferenza per esaminare la questione polacca ed evitare un ricorso alle armi che i tedeschi intendevano invece accelerare, con o senza il contributo militare dell'Italia. Per non correre rischi sulla frontiera orientale, il 23 agosto 1939 von Ribbentrop stipulò a Mosca con il suo collega sovietico Molotov un patto decennale di non aggressione e di amicizia fra i due Paesi. Ciano, letteralmente «disgustato» dagli esiti dei colloqui della prima metà del mese a Salisburgo e a Berchtesgaden, scrisse dei tedeschi:

> Ci hanno ingannato e mentito. E oggi stanno per tirarci in un'avventura che non abbiamo voluta e che può compromettere il regime e il Paese. Il popolo italiano fremerà di orrore quando conoscerà l'aggressione contro la Polonia e, caso mai, vorrà impugnare le armi contro i tedeschi. Non so se augurare all'Italia una vittoria o una sconfitta germanica.

Nel Paese, quei malumori trovarono una certa eco sulla stampa. In particolare un giornale – «Il Corriere Padano» diretto da Nello Quilici, notoriamente vicino a Balbo – intraprese una violenta campagna antibolscevica che, indirettamente ma palesemente, finiva per ritorcersi anche contro la Germania. Un «parlare a nuora perché suocera intenda» che, tollerato sino a un certo punto dalle autorità, non avrebbe comunque mancato di provocare imbarazzi politici e qualche reprimenda agli autori dell'iniziativa.

Né i malumori politici, né tantomeno quella campagna stampa riuscirono a modificare lo sviluppo degli avvenimenti, così come cadde nel vuoto un estremo tentativo di Mussolini di convocare per il 5 settembre una conferenza. Quattro giorni prima, il 1° settembre 1939, le truppe tedesche avevano superato il confine della Polonia; gli inglesi subordinarono la propria partecipazione a una eventuale conferenza al preventivo ritiro tedesco dal territorio polacco. Quello stesso 1° settembre un comunicato ufficiale del Consiglio dei ministri italiano annunciò che l'Italia non avrebbe assunto «iniziativa alcuna di operazioni militari». Era l'inizio della «non belligeranza», durata sino al 10 luglio 1940, quando – spinta e intimorita insieme dai successi tedeschi – l'Italia avrebbe dichiarato guerra alla Francia e alla Gran Bretagna.

Dalla non belligeranza all'intervento

I mesi che vanno dalla dichiarazione della non belligeranza (1° settembre 1939) all'entrata in guerra dell'Italia (10 giugno 1940) furono contrassegnati da continue oscillazioni della politica interna ed estera italiane, un vero e proprio «campionario» delle contraddizioni politiche e personali di Mussolini e del regime fascista. A sconsigliare l'intervento a breve termine c'era in Mussolini la consapevolezza dell'impreparazione militare ed economica dell'Italia. Era una realtà difficile da ammettere e Mussolini non la ammise mai pubblicamente, facendo indirettamente ricadere le responsabilità sui vertici militari.

A spingere il Duce in senso opposto (o almeno, a fargli ritenere soltanto rinviabile una scesa in campo dell'Italia contro gli anglo-francesi e a fianco della Germania) fu tutta un'altra serie di considerazioni, più psicologiche che propriamente politico-militari. C'era, innanzitutto, da onorare la firma apposta al Patto d'Acciaio e, ancor prima, c'erano da mantenere le solenni promesse fatte al Campo di Maggio di fronte alle folle berlinesi («Quando io ho un amico vado con lui fino in fondo»). E questo, anche a voler prescindere dal clima di crescente diffidenza con cui le alte gerarchie naziste guardavano al mancato ingresso in guerra di un'Italia che non appariva loro molto dissimile dall'Italia del 1914, più pronta a tradire che a mantenere fede ai patti. Sul piano interno, poi, la guerra appariva a Mussolini un banco di prova per le «generazioni del Littorio»;

le reazioni generalmente positive, in qualche caso addirittura entusiastiche, con cui gran parte dell'opinione pubblica aveva accolto la dichiarazione italiana di «non belligeranza» dimostravano come quella lunga preparazione guerresca patrocinata dal regime avesse inciso poco sul carattere della popolazione e in particolare delle nuove generazioni. La stizza di Mussolini per i «soliti pacifondai» che alla notizia della dichiarazione di non belligeranza avevano tentato di organizzare una manifestazione di giubilo a piazza Venezia andava ben oltre il peso specifico del singolo episodio, per investire, in alcuni sfoghi polemici di quei travagliati mesi, l'intero popolo italiano («Razza di pecore. Non bastano diciotto anni per trasformarla. Ce ne vogliono centottanta o forse centottanta secoli»).

Non era comunque soltanto la stragrande maggioranza dell'opinione pubblica che si cullava nell'illusione di poter prolungare all'infinito lo status di non belligeranza, o addirittura sperava che esso rappresentasse il primo passo per uno sganciamento completo dalla Germania. Sulla stessa lunghezza d'onda dell'opinione pubblica – con le sole poco influenti eccezioni di un Farinacci, dei poco rappresentativi antisemiti italiani, di giornali come «Il Tevere» di Roma e di alcuni gruppi di universitari che inneggiavano all'alleanza tra Mosca, Roma e Berlino – si trovavano infatti esponenti autorevoli del regime e delle forze armate, per finire con lo stesso Vittorio Emanuele III. Uno schieramento quanto mai variegato, che coinvolgeva, accanto ai vari De Bono, Grandi, Bottai, Federzoni, un antitedesco viscerale da sempre come Balbo e uno di più recente data (soprattutto dopo la firma del patto Ribbentrop-Molotov) come Galeazzo Ciano; nonché, fra i militari, un filofrancese come Badoglio e altri contrari alla guerra non tanto per ragioni ideologiche, quanto per la coscienza dei grossi limiti della preparazione italiana.

Giocarono oltretutto a favore delle posizioni non belliganti e neutraliste, quando non addirittura antitedesche, gli echi in Italia dell'attacco sovietico alla Finlandia sul finire del 1939. Le prese di posizione della stampa (nella circostanza solo moderatamente «imbavagliata»), le manifestazioni studentesche in varie città, perfino gli arruolamenti di volontari pronti ad andare a combattere a fianco dei finlandesi costituivano, oltre che una diretta conferma del radicato atteggiamento antibolscevico del regime, anche (e forse ancor più, date le circostanze dei tempi) una indiretta presa di distanza dalla Germania nazionalsocialista, impegnata in quel momento nel flirt con Mosca. Neanche in questo caso l'atteggiamento di Mussolini risultò chiaro e univoco: da una parte pose un freno alle manifestazioni di piazza pro Finlandia, dall'altra autorizzò l'invio sottobanco di materiale bellico in quel Paese. Il fatto è che, a differenza di quanto potessero sperare in cuor loro l'opinione pubblica o le stesse gerarchie politiche e militari del Paese, Mussolini era forse l'unico a rendersi conto che quella intrapresa con la firma del Patto d'Acciaio era una via senza ritorno e che la soluzione della non belligeranza – imposta al momento all'Italia dalle contingenti difficoltà economico-militari – non poteva essere procrastinata *sine die*.

Mussolini non arrivò dunque mai a vedere nella non belligeranza una sorta di anticamera di una rottura dell'alleanza con Hitler, sia per motivi ideologici – convinto com'era del fatale declino di Inghilterra e Francia – sia per non rischiare un aperto conflitto con la stessa Germania. Sul piano psicologico, poi, sembrava «umiliante stare con le mani in mano mentre gli altri scrivono la storia». Per il momento, comunque, la scelta italiana della non belligeranza apparve praticamente obbligata, e tanto valeva quindi sfruttarne i lati positivi, primi fra tutti quelli economici legati alla possibilità di proseguire fruttuosi scambi commerciali con Francia e Inghilterra. Per il futuro, poi, le prospettive mussoliniane erano proiettate o su un intervento in guerra a fianco della Germania (mantenendo magari una certa autonomia da essa, con una «guerra parallela» per esempio in Iugoslavia) o – come preferiva il Duce – su una pace di compromesso da raggiungere attraverso una sua mediazione. Gli echi di Monaco, con il prestigio interno e internazionale che ne era venuto alla figura di Mussolini, erano ancora troppo forti nella sua mente e lo sarebbero rimasti, seppure sempre più affievoliti, ancora a lungo.

Ma era difficile capire cosa esattamente passasse allora nella mente di Mussolini, così come era difficile conciliare l'asserita volontà del Duce di non tagliarsi tutti i ponti alle spalle e di mantenere una completa libertà di azione, nonostante il patto italo-tedesco, con tutta una serie di misure economiche, politiche e ideologiche che avevano lo scopo di far aprire gli occhi a una opinione pubblica evidentemente «cloroformizzata» dal miraggio della pace.

In effetti l'adozione, nell'inverno 1939-40, di misure economiche restrittive come il razionamento di alcuni generi alimentari (dallo zucchero al caffè), la scarsezza di altri (dal carbone al sapone), l'aumento dei prezzi, la requisizione del ferro delle cancellate avrebbero pur dovuto costituire un campanello di allarme, mentre furono accolte dagli italiani senza particolari preoccupazioni. Così come un significato non marginale avrebbero dovuto avere i temi della «guerra rivoluzionaria» e della «guerra totale» agitati in quegli stessi mesi sulla stampa più qualificata del regime e più direttamente ispirata dal Duce, da «Gerarchia» diretta da Vito Mussolini e Carlo Ravasio a «Civiltà fascista» di Camillo Pellizzi a «Critica fascista» di Bottai. Neanche allora, in quell'inverno, l'opinione pubblica colse il rimbombo di tamburi di guerra che quei temi politico-ideologici intendevano evocare; segno che forse gli «echi di Monaco» avevano un valore non per il solo Mussolini, ma anche per buona parte del popolo italiano. Furono in realtà Inghilterra e Francia, sia pure in modo diverso, a indurre Mussolini e la politica fascista a un mutamento di rotta che, pur conservando non poche tracce di incertezza, culminò con la dichiarazione di guerra del 10 giugno 1940. Questo non vuol dire che Inghilterra e Francia fossero responsabili della fine della non belligeranza italiana; ma è certo che il blocco marittimo imposto da Londra, le conseguenze che ne derivarono all'economia italiana soprattutto per il rifornimento di carbone, l'imprevedibile crollo militare francese, nonché i successi militari tedeschi in Scandinavia e in Francia finirono per forzare la mano a Mussolini, obbligandolo a una più decisa scelta di campo. Del resto, sin dal 26 febbraio 1940, in un colloquio a Roma con l'inviato di Roosevelt, Sumner Welles, incaricato di saggiare il terreno sulle reali intenzioni del governo italiano, il tema della libertà per l'Italia di muoversi nel Mediterraneo fu al centro delle richieste e delle recriminazioni del Duce. Avrebbe affermato Mussolini, rivolto al suo interlocutore americano:

> Non può esserci pace reale finché l'Italia non ha libera uscita e accesso nel Mediterraneo. Voi siete appena arrivato, con il *Rex*. Siete stato trattenuto dagli inglesi e la posta e i passeggeri portati via. Avete visto personalmente che nel Mediterraneo occidentale noi siamo prigionieri degli inglesi. Capite anche che un italiano non può mandare una nave da Trieste, porto italiano, a Massaua, altro porto italiano, senza che gli inglesi portino via metà del carico? Quanto vi piacerebbe se gli inglesi facessero ciò alle vostre navi in regolare navigazione tra New York e New Orleans?

Per quanto riguarda poi la questione specifica del fabbisogno di carbone per l'Italia, essa fu utilizzata come forma di pressione non solo da Londra, per indurre Mussolini ad assumere una linea politica meno contraddittoria, ma anche da Berlino, per cementare un'alleanza che mostrava qualche crepa. In questo senso vanno interpretati il viaggio di von Ribbentrop in Italia, dal 10 al 12 marzo 1940, e l'incontro al Brennero fra Mussolini e Hitler, il 18 dello stesso mese. Nei colloqui con Mussolini e Ciano, il ministro degli Esteri del Reich si rese interprete, anche attraverso una lunga lettera indirizzata da Hitler al Duce, della «piena comprensione» del Führer per l'atteggiamento tenuto sino a quel momento dall'Italia e di un'altrettanto completa disponibilità ad aiutarla per le forniture di carbone (dodici milioni di tonnellate, che sarebbero potute arrivare anche via terra, aggirando così il blocco navale britannico).

Ancor più importanti i risultati dell'incontro diretto fra il Duce e il Führer al Brennero. Mussolini non condivideva la sicurezza di Hitler circa la vittoria finale, ritenendo anzi che l'esercito francese fosse ancora «quello della Marna!», uno dei più forti del mondo, e che la Linea Maginot fosse praticamente inespugnabile. Ma, al di là di queste considerazioni (che gli eventi di lì a poco avrebbero dimostrato errate), dall'incontro del Brennero scaturirono risultati indicativi di un progressivo riavvicinamento tra i due Paesi. Ne seguì un rallentamento dei negoziati commerciali con l'Inghilterra, controbilanciato da crescenti richieste di forniture militari alla Germania; mentre la stampa fu «invitata» ad assumere atteggiamenti più favorevoli alla Germania e maggiormente critici verso Francia e Inghilterra, rispolverando magari il ricordo delle «inique» sanzioni decretate quattro anni prima contro l'Italia e riprese ora per certi versi con il blocco marittimo (che pesavano sull'economia italiana più delle stesse sanzioni). E sempre le «veline» del Minculpop fecero ritornare in auge il termine «asse», negli ultimi tempi messo un po' in «naftalina», e si parlò di «colpo di acceleratore» alla «preparazione morale e politica» degli italiani.

Si trattava pur sempre di atteggiamenti in cui il peso della propaganda aveva il sopravvento sulla concretezza nelle scelte politiche. Lo stesso Mussolini non intendeva spingersi troppo oltre con decisioni nette che gli avrebbero poi impedito di svolgere quel ruolo di mediatore che rimaneva al vertice dei suoi pensieri. Ma era allo stesso tempo proprio Mussolini che, in un promemoria segretissimo del 31 marzo (e, qualche giorno dopo, in una lettera a Franco), ammetteva l'ineluttabilità di un intervento italiano:

> L'Italia non può rimanere neutrale per tutta la durata della guerra, senza dimissionare dal suo ruolo, senza squalificarsi, senza ridursi al livello di una Svizzera moltiplicata per dieci. Il problema non è quindi di sapere se l'Italia entrerà o non entrerà in guerra perché l'Italia non potrà fare a meno di entrare in guerra, si tratta soltanto di sapere quando e come; si tratta di ritardare il più a lungo possibile, compatibilmente con l'onore e la dignità, la nostra entrata in guerra: a) per prepararci in modo tale che il nostro intervento determini la decisione; b) per-

ché l'Italia non può fare una guerra lunga, non può cioè spendere centinaia di miliardi come sono costretti a fare i Paesi attualmente belligeranti.

L'intervento in guerra appariva dunque a Mussolini inevitabile, con tutte le remore (di natura economica e militare) che quel passo comportava. Un aiuto indiretto a troncare le titubanze del Duce venne paradossalmente da vasti settori dell'opinione pubblica italiana, in cui le notizie sull'azione tedesca diretta in aprile contro Danimarca e Norvegia avevano provocato un marcato mutamento in senso filotedesco, favorito sia dalla rapidità delle operazioni militari delle truppe hitleriane, sia, e forse ancor più, dall'assenza di concrete reazioni da parte dei franco-inglesi. Un mutamento (ancor più marcato, se confrontato con le scarse simpatie riscosse in precedenza dalla Germania) che strappò un amaro commento a Mussolini in una confidenza con Ciano: «Il popolo è una puttana e va col maschio che vince». Non si può certo dire che Mussolini fosse rimasto particolarmente colpito né dai facili e scontati successi delle armi tedesche in Scandinavia, né dall'inerzia sino a quel momento dimostrata da Francia e Inghilterra. Piuttosto, a margine o insieme a quei successi, altre preoccupazioni avrebbero assalito il Duce, legate alle voci circa possibili azioni tedesche per assicurarsi il petrolio rumeno o a proposito della quasi certa violazione della neutralità olandese e belga al momento dell'offensiva contro la Francia. Due eventualità che apparivano ormai prossime e che – nonostante la reiterata fiducia di Mussolini nelle capacità di resistenza dell'esercito francese – acuirono in lui una vera e propria «paura dei tedeschi», per le reazioni che essi avrebbero potuto avere nei confronti della «non belligerante» Italia.

Avrebbero potuto infatti determinarsi, nel peggiore dei casi, le condizioni per una invasione del territorio italiano da parte dei tedeschi; o, senza arrivare a questi estremi, l'alleanza italo-tedesca avrebbe rischiato di risultare eccessivamente sbilanciata tra un'Italia troppo «piccola» e una Germania troppo «grande», sempre più «grande». È certo che l'elemento «paura dei tedeschi» (una paura di vecchia data, ora riaffiorante) fu una delle molle che, insieme all'imprevisto e rapido crollo francese, indussero Mussolini a uscire dalla nebbia dei tentennamenti in cui si era fino a quel momento cullato. Del resto, ancora alla metà di marzo, quando cercava di convincere se stesso (più che i propri interlocutori) circa la possibilità per l'Italia di entrare in guerra scegliendo il momento propizio, Mussolini aveva lasciato intendere che molto di quella decisione dipendeva dall'andamento delle vicende belliche. Erano ora, a poco più di un mese di distanza, proprio le vicende belliche di quei giorni e quelle che si profilavano sempre più chiaramente nell'immediato futuro a rendere la decisione italiana sempre meno libera e sempre più obbligata, «urgente» addirittura, dopo i primi travolgenti successi tedeschi in Francia.

Sul momento, comunque, vari segnali indicavano, all'interno e all'estero, una più decisa sterzata della politica italiana in senso filotedesco. Stampa e mezzi di informazione di massa furono ovviamente i primi a seguire le nuove direttive filtrate dal Minculpop, ma anche sul piano politico non mancarono segnali premonitori di un cambiamento che ad altro non poteva preludere se non a una diretta partecipazione italiana al conflitto al fianco dell'alleato tedesco. Di qui le assicurazioni fornite da Mussolini a Hitler sul grado di preparazione delle forze armate italiane, l'allentamento delle polemiche con il razzismo nazista, la crescente freddezza nei rapporti con Parigi e Londra, la sostituzione (sollecitata dai tedeschi) di Attolico con Alfieri come ambasciatore a Berlino, l'opportunità – evocata in più di una pubblica occasione dal Duce stesso – di «elevare gradualmente la temperatura del popolo italiano per creare il clima necessario per gli sviluppi inevitabili e ineluttabili che ci attendono».

Non era certo ancora la «guerra guerreggiata», poteva ancora trattarsi di una «guerra delle parole» (con qualche fatto concreto comunque sintomatico), ma i segnali che venivano captati soprattutto negli ambienti diplomatici internazionali erano tali da indurre a ritenere ormai prossimo l'intervento italiano in guerra. Sul finire di aprile varie diplomazie si mossero appunto per cercare di indurre Mussolini a tenersi fuori dal conflitto. Iniziò il 22 il nuovo presidente del Consiglio francese Paul Reynaud, augurandosi che non fosse «troppo tardi per cercare di colmare questo largo fossato che sembra attualmente separarci», pur mettendo nel novero delle deprecabili possibilità quella che «domani i montanari di casa mia» si battessero «con la vostra gente». Due giorni dopo fu Pio XII a rivolgersi a Mussolini con una lettera in cui, dopo aver riconosciuto i «nobili sforzi» da lui compiuti per evitare o localizzare la guerra, esprimeva un «voto ardente»:

> Che siano risparmiate all'Europa, grazie alle Tue iniziative, alla Tua fermezza, al Tuo animo d'Italiano, più vaste rovine e più numerosi lutti; e in particolar modo sia risparmiato al Nostro e al Tuo diletto Paese una così grande calamità.

Il 29 aprile, infine, fu Roosevelt (su sollecitazione del Vaticano) a rivolgersi al Duce con argomenti più realistici, fondati sul rischio che una estensione delle ostilità potesse coinvolgere un numero al momento imprecisabile di nazioni, così come era al momento impossibile sbilanciarsi sugli esiti finali di un conflitto su vasta scala. Al realismo venato di minacce Roosevelt fece comunque seguire un auspicio:

> che la potente influenza dell'Italia e degli Stati Uniti – un'influenza che è molto forte finché essi rimangono in pace – possa essere ancora esercitata, quando si presenti l'opportunità adatta, a favore di un negoziato per una pace giusta e stabile che permetta la ricostruzione di un mondo gravemente colpito.

Mussolini non lasciò senza risposta quei tre appelli, pur premurandosi di informarne debitamente Hitler, anche per evitare che a Berlino si potesse pensare a un suo doppio gioco. Dura e secca la risposta a Reynaud, con il rifiuto di incontrarsi con lui e con un richiamo all'alleanza con la Germania a cui l'Italia si sentiva impegnata. Più rispettosa quella a Pio XII, sebbene non priva di punte polemiche, eco delle accuse di «pacifismo a oltranza» rivolte da ambienti ufficiali del regime alla Chiesa. Scriveva Mussolini:

> La storia della Chiesa, e Voi me lo insegnate, Beatissimo Padre, non ha mai accettato la formula della pace per la pace, della pace «ad ogni costo», della «pace senza giustizia», di una «pace» cioè che in date circostanze potrebbe compromettere irreparabilmente per il presente e per il futuro le sorti del popolo italiano.

Polemiche a parte, nelle risposte a Pio XII e a Roosevelt, Mussolini cercò di far ricadere sugli anglo-francesi le responsabilità di un eventuale intervento in guerra dell'Italia, che egli non dava per scontato, senza poter comunque garantire che la «non belligeranza» italiana potesse durare sino alla fine. Un'unica, flebile apertura lasciava Mussolini trasparire nella risposta a Roosevelt, dove – dopo un invito agli Stati Uniti a non immischiarsi negli affari europei – affermò la disponibilità dell'Italia «a dare il suo contributo per una migliore sistemazione del mondo, qualora le condizioni lo permettano e sempre partendo dal riconoscimento dei fatti reali e compiuti». Parole di circostanza, forse, ma anche la conferma di come, con l'accenno alla «potente influenza dell'Italia», il presidente americano avesse toccato un tasto cui Mussolini era oltremodo sensibile, quello cioè di una possibile mediazione italiana che rafforzasse il prestigio del Paese, del regime e soprattutto del Duce come «artefice di pace».

Ammesso che fosse ancora possibile, nella primavera del 1940, cullare l'illusione di ripetere Monaco, l'attacco tedesco alla Francia il 10 maggio l'avrebbe definitivamente affossata. Sebbene comprensibilmente irritato per i modi e i tempi con cui era stato informato dell'offensiva tedesca (alle 5 di mattina del 10 maggio a villa Torlonia con una lettera di Hitler recapitatagli da von Mackensen: trentacinque minuti prima dell'inizio delle operazioni militari), messo praticamente di fronte al fatto compiuto Mussolini dovette cogliere i significati anche reconditi di alcuni passi della lettera inviatagli dal Führer. Vi era soprattutto una frase («Voi potrete essere così in grado di considerare e prendere in piena libertà le decisioni di cui crederete assumere la responsabilità nell'interesse del Vostro popolo») che si prestava in effetti a due interpretazioni opposte. Gli ottimisti a oltranza si sarebbero appellati a quel richiamo alla «piena libertà»; i pessimisti, in questo caso più realisti degli altri, vi avrebbero colto un perentorio invito a porre fine all'ormai troppo lunga stagione degli indugi italiani.

Mussolini dovette evidentemente cogliere questo secondo significato, se è vero che – almeno a parole – ritenne ormai inconcepibili ulteriori ritardi. Il Duce rispose a due lettere di Roosevelt e del nuovo primo ministro inglese, Winston Churchill, il 14 e il 16 maggio, ribadendo la volontà dell'Italia di mantenere fede al patto stretto con la Germania e rivangando nel recente passato delle sanzioni antitaliane e dello «stato di schiavitù» in cui l'Italia si trovava nel suo stesso mare. E ancora più esplicite furono le parole pronunciate da Mussolini per sottolineare l'impossibiltà per l'Italia di rimanere fuori da un conflitto che ormai la toccava sin troppo da vicino, e l'inevitabilità dunque di un intervento italiano. Il punto su cui Mussolini non si pronunciava e glissava era sul «quando» dell'intervento, come se ancora a quella data egli nutrisse dubbi o speranze di tenersi fuori dal conflitto. Dubbi e speranze che furono spazzati via con la stessa rapidità con cui le armi tedesche, dopo aver «neutralizzato» Olanda e Belgio, avanzarono in Francia, non incontrandovi quelle resistenze che lo stesso Mussolini si era in precedenza atteso e per molti versi augurato.

Di fronte all'inaspettato crollo francese, anche l'opinione pubblica italiana si era scoperta improvvisamente interventista, per lo meno con la stessa enfasi con cui nell'agosto dell'anno prima aveva plaudito alla «non belligeranza», sperando anzi che fosse il primo passo per uno sganciamento dalla Germania. E analogo *révirement* ci sarebbe stato a livello delle più alte gerarchie fasciste, coinvolgendo – con la sola eccezione di Balbo – anche i più riottosi, da Grandi a Bottai a Ciano. C'era in tutti – opinione pubblica, gerarchi fascisti, Mussolini stesso – un timore ormai quasi ossessionante di «arrivare tardi» di fronte alla rapidità dell'avanzata tedesca e al delinearsi della sconfitta alleata in Francia. C'era il rischio, per Mussolini, di fare la figura del maramaldo intervenendo contro una Francia ormai alle corde; c'era, ancora più forte, la paura dei tedeschi. «Dopo la Francia, un giorno potrebbe venire la volta nostra»; e non erano certo del tutto campate in aria le preoccupazioni che prima o poi i tedeschi potessero far pagare care all'Italia le sue esitazioni, che sempre più assumevano (agli occhi soprattutto dei militari) i contorni di un «tradimento», dell'ennesimo «tradimento» italiano.

Furono soprattutto quella paura e quei timori di «arrivare tardi» a far precipitare gli eventi e a far rompere gli indugi. Dopo una settimana – l'ultima settimana di pace per l'Italia – in cui la propaganda del regime, abilmente orchestrata da Pavolini sulla stampa e alla radio, avrebbe battuto sulla «preparazione morale» degli italiani alla «guerra mussoliniana», si giunse così al pomeriggio del 10 giugno. Alle 16.30 di quel giorno, a palazzo Chigi, il ministro degli Esteri Ciano, in divisa di ufficiale dell'aeronautica, avrebbe consegnato agli ambasciatori di Francia e Inghilterra, François-Poncet e Loraine, la dichiarazione di guerra. Un'ora e mezzo più tardi, affacciandosi al balcone di piazza Venezia, Mussolini avrebbe annunciato ai romani, e via radio a tutti gli italiani, l'avvenuta dichiarazione di guerra dell'Italia «proletaria e fascista» contro le «democrazie plutocratiche e reazionarie dell'Occidente».

Dalla «guerra parallela» alla guerra tedesca

Il rapido e imprevisto crollo della Francia, il timore di «arrivare troppo tardi» e la crescente «paura dei tedeschi» avevano indotto Mussolini a entrare in guerra; una guerra che avrebbe dovuto in ogni caso essere breve e il più possibile «autonoma» da quella della Germania. Contro la prospettiva di una guerra lunga cozzavano considerazioni psicologiche e ideologiche legate all'esperienza del conflitto del 1914-18, con la vera e propria ecatombe degli elementi giovani e forti, che il regime fascista non intendeva certo rinnovare, nonché la consapevolezza dell'impreparazione militare ed economica dell'Italia.

Benché all'inizio della guerra la produzione di materiale bellico avesse conosciuto un incremento notevole in vari settori (da quello delle armi per la fanteria agli autocarri, dagli aerei alle corazzate), a livello quantitativo e qualitativo essa rimaneva ancora nettamente al di sotto di quella degli altri Paesi belligeranti. Secondo le generali valutazioni dei vertici militari – condivise per un certo tempo dallo stesso Mussolini, prima che il precipitare della situazione in Francia gli forzasse la mano –, l'Italia avrebbe avuto bisogno come minimo di un altro anno, se non per raggiungere i livelli produttivi altrui, almeno per affrontare il conflitto con armamenti più adeguati. Ad affievolire i timori che l'evidente inferiorità italiana sul piano economico-militare destava negli ambienti più responsabili, contribuiva – nel giugno 1940 – la generale convinzione (delle gerarchie fasciste e dell'opinione pubblica) che la guerra sarebbe stata breve e si sarebbe conclusa vittoriosamente ancor prima dell'inverno. L'unico dubbio, al momento, riguardava se mai non quando ma come la guerra si sarebbe conclusa, se con l'invasione dell'Inghilterra da parte dei tedeschi o, ancor prima, al tavolo dei negoziati. Dei due possibili scenari Mussolini avrebbe comunque preferito il secondo, anche se una massiccia azione tedesca contro la Gran Bretagna avrebbe giovato all'Italia, impedendo alle truppe inglesi di intervenire in forze in Africa settentrionale. La generale convinzione di una guerra «breve» ebbe riflessi anche sul sistema adottato per la mobilitazione (non per intere classi, ma su basi individuali per più classi) e portò alla rinuncia alla militarizzazione delle maestranze, per non creare eccessive difficoltà alla produzione e al funzionamento della vita civile, e per non dar luogo a ingiustificati allarmismi e pericolose depressioni dell'opinione pubblica. In ogni modo, anche quando – sin dall'inverno 1940-41 e almeno sino alla seconda metà del '42 – la convinzione della guerra «breve» cominciò ad apparire sempre più errata e aleatoria, non si sarebbe mai arrivati da parte italiana a una mobilitazione totale.

L'intervento italiano del 10 giugno 1940 doveva quindi essere per Mussolini pressoché platonico. Esso, congiuntamente al non intervento degli Stati Uniti, avrebbe dovuto indurre Francia e Inghilterra a cercare una soluzione mediata del conflitto, magari proprio tramite il Duce che, anche se alleato della Germania, appariva come l'unico capace di «moderare» Hitler ed era certamente contrario a che i tedeschi «stravincessero». Di qui l'atteggiamento sostanzialmente difensivo delle forze armate italiane (scese oltretutto in campo nel momento di maggiore difficoltà per lo schieramento avversario), in una sorta di non dichiarata «non belligeranza» franco-italiana sia sulle Alpi che sulla frontiera libico-tunisina.

Un clima di fittizia e quasi innaturale «non belligeranza» che si ruppe nella notte fra l'11 e il 12 giugno, quando aerei britannici, decollati da aeroporti francesi, bombardarono Torino. L'immediata ritorsione italiana fu il bombardamento della base aerea di Hières, nel Sud della Francia. Alcuni aerei italiani vennero abbattuti; la carcassa di uno di essi, che cadde in mare nel tentativo di rientrare, è stata recentemente scoperta nei fondali della Liguria.

Il 14 giugno avvenne il bombardamento della zona industriale di Genova. Soltanto allora l'esercito italiano ricevette l'ordine di passare decisamente all'offensiva sul fronte francese. La data del 18 giugno venne fissata per l'inizio delle operazioni vere e proprie. Un giorno prima, però, di questa data, il maresciallo Pétain, nuovo capo del governo francese dopo le dimissioni di Reynaud, presentò ai tedeschi la richiesta di armistizio. Una svolta inattesa, così come inatteso e sorprendente era stato il repentino crollo militare francese, culminato il 14 giugno con la caduta di Parigi. C'era indubbiamente da chiedersi se non avessero avuto ragione quanti in Italia avevano, da aprile in poi, temuto di «arrivare troppo tardi»; ora la richiesta francese di armistizio coglieva del tutto impreparata l'Italia, sia sul piano militare che su quello diplomatico. Al rischio, evocato e puntualmente verificatosi, di «arrivare troppo tardi», si univano ora le preoccupazioni di non voler dare all'alleato tedesco l'impressione di essere arrivati a cose fatte, o di non voler maramaldescamente infierire su un Paese che già dopo il 10 giugno si era lamentato di essere stato «pugnalato alle spalle» dall'Italia. In altri termini, se era vero che previsioni e auspici tendevano tutti a una guerra breve, quella in corso rischiava di esserlo – almeno nell'ottica dell'Italia – sin troppo.

Con questo stato d'animo insieme imbarazzato, preoccupato e impreparato, Mussolini partecipò, il 18 giugno a Monaco, a un vertice con Hitler (insieme a von Ribbentrop, Ciano, Keitel e Roatta), per esaminare i termini della nuova situazione venutasi a creare con la richiesta francese di armistizio. E forse proprio a quello stato d'animo deve farsi risalire la particolare durezza delle condizioni poste dall'Italia. Ancor più dure se confrontate con una sostanziale e inattesa moderazione dei tedeschi, preoccupati per un possibile trasferimento del governo Pétain fuori dal territorio metropolitano e per il passaggio della flotta francese agli inglesi. Soprattutto intenti, i tedeschi, a ricercare una pace con la Gran Bretagna che Hitler considerava «elemento di stabilità e di ordine sociale del mondo».

Condizioni durissime, quelle stese dalla delegazione italiana: occupazione del territorio francese fino al Rodano, della Corsica e della Tunisia, di Gibuti, delle basi militari di Orano, Algeri, Casablanca; consegna della flotta e dell'armata aerea; denuncia dell'alleanza con la Gran Bretagna. A distanza di qualche giorno, tuttavia, dopo serrate e non sempre facili discussioni con i rappresentanti tedeschi, queste iniziali condizioni risultarono nettamente ridimensionate, limitandosi alla sola occupazione dei territori conquistati. La marcia indietro di Mussolini (vanamente osteggiata dai militari) si può spiegare in realtà sia con un cedimento inevitabile alle posizioni tedesche, sia con calcolo eminentemente politico. Di fronte a una Germania che aveva sino allora sostenuto praticamente da sola lo sforzo bellico, Mussolini non aveva in realtà molte carte da giocare per far trionfare le proprie posizioni. Non a caso, sul finire del 1944, l'allora capo della Repubblica sociale italiana, riandando agli avvenimenti del giugno 1940, avrebbe lamentato le «condizioni troppo lievi» accordate alla Francia da un Hitler già proteso verso il «piano Barbarossa» e che non aveva compreso «l'importanza di questo mare sacro; il Mediterraneo non sapeva cos'era».

Anche Mussolini, tuttavia, aveva capito come non fosse proprio il caso di tirare troppo la corda, insistendo a oltranza con l'intransigenza contro la Francia sconfitta, benché il suo atteggiamento nei confronti della Francia «corrotta e bottegaia» fosse stato e rimanesse ostile. Senso di maggiore rispetto Mussolini semmai provò non tanto per la Germania (che certo non amò, ma ammirò, invidiò e temette), quanto per la Gran Bretagna. Rispetto che andava al di là dell'estrema violenza verbale della propaganda di guerra fascista contro la «perfida Albione» («Dio stramaledica gli inglesi»); tipico ma non isolato esempio, questo, di come la tambureggiante propaganda del regime fascista e i ricorrenti slogan d'effetto non coincidessero a volte del tutto con il pensiero recondito dello stesso Mussolini, che pure li incoraggiava.

Mentre sul teatro del fronte francese stava calando il sipario, sul fronte libico-egiziano si sarebbe ben presto arrivati a una situazione di stallo, per le croniche deficienze dell'armamento italiano, soprattutto in mezzi anticarro e corazzati. Deficienze ripetutamente denunciate da Balbo, comandante delle forze italiane nell'Africa settentrionale, con la franchezza che lo contraddistingueva. «Il combattimento assume il carattere della carne contro il ferro» telegrafò a Roma il 20 giugno, arrivando a suggerire – lui, antitedesco per antonomasia – di richiedere i mezzi corazzati a Hitler. Suggerimento non accolto. Anzi, di fronte alle notizie di un imminente sbarco tedesco in Inghilterra, il 25 giugno Badoglio avvertì Balbo di tenersi pronto ad avanzare verso est.

Balbo si stava impegnando di persona, al fronte. Cercando di tamponare con la sua presenza fra le truppe la drammatica inferiorità di ogni nostro soldato di fronte all'avversario, a Balbo in una delle sue missioni in prima linea riuscì la cattura di un'autoblinda inglese penetrata nel deserto tra le nostre linee. Tanto spregiudicato coraggio – quasi una volontà di morte nell'inaccettabilità di quel conflitto – avrebbe concluso tragicamente la sua vita. Il 28 giugno 1940 l'S 79 di Balbo, volando verso il fronte, sorvolò Tobruk appena bombardata dagli inglesi. Mentre si apprestava ad atterrare, venne scambiato per un aereo avversario, e abbattuto dalle batterie antiaeree italiane. All'indomani dell'incidente, un aereo inglese s'abbassò sulla carcassa dell'S 79 e lanciò dal cielo un messaggio:

> La RAF esprime la sua sincera partecipazione alla morte del Maresciallo Balbo, un grande comandante, un prode aviatore, da me personalmente conosciuto, che il fato mi ha posto nel fronte avversario. Arthur Langmore, Air Officer Commanding in Chief British Royal Air Force – Middle East.

Che Mussolini per motivi personali non dovesse sembrare troppo addolorato da questo incidente è certo, ma ancor più certamente se ne rallegrò in vista di una conferenza di pace per una vittoria che riteneva sicura e ormai vicina. Quel giorno avrebbe posto sulla bilancia delle trattative – a favore dell'Italia – la perdita del suo maresciallo dell'Aria. I mezzi invano richiesti da Balbo prima e da Graziani poi per il fronte libico non giunsero mai, nemmeno quando, in settembre, la pressione tedesca sull'Inghilterra si allentò, con l'inevitabile conseguenza di far affluire truppe britanniche sempre più numerose nel teatro nordafricano destinato a trasformarsi in fronte principale del conflitto. In ottobre Mussolini per due volte (confortato dai vertici militari) rifiutò l'offerta di unità corazzate tedesche in vista dell'offensiva italiana a Marsa-Matruk prima e ad Alessandria poi. Dai tedeschi si volevano semmai armi e materiali; anche perché Mussolini era tutto volto a preparare, in gran segreto, l'attacco alla Grecia iniziato il 28 ottobre.

Con il suo innato ottimismo, sconfinante nella faciloneria, Ciano contribuì a far apparire a Mussolini la vittoria in Grecia più facile di quanto egli potesse pensare, con una campagna solo di poco più impegnativa della «scampagnata» di due anni e mezzo prima in Albania. Così fu proprio Ciano a diventare il capro espiatorio del disastro in cui essa si trasformò per le armi italiane e per il prestigio del regime. Qualcosa comunque avrebbe dovuto indurre a non iniziare la campagna di Grecia in un momento quanto mai inadatto, con l'inverno ormai alle porte, le truppe mal equipaggiate e insufficienti per un'azione su vasta scala in tempi brevi e con l'offensiva in atto in Egitto. Qualcosa che è da vedersi soprattutto nell'ingresso di truppe e aerei tedeschi in Romania il 12 ottobre (a una settimana dall'incontro fra Hitler e Mussolini al Brennero), effettuata ufficialmente per difendere da possibili azioni di sabotaggio inglesi l'area petrolifera di Ploesti e per curare l'addestramento delle forze armate romene. L'evento ribadiva l'impressione di un particolare dinamismo tedesco nei Balcani e contribuì a rinfocolare in Mussolini un mai sopito senso di diffidenza nei confronti dell'alleato, spingendolo ad agire in un'area da tempo considerata di esclusiva pertinenza italiana. Se non fu una sorpresa per gli italiani l'azione tedesca in Romania, non lo sarebbe stata per i tedeschi quella italiana in Grecia: Mussolini l'avrebbe infatti chiaramente preannunciata in una lettera a Hitler del 22 ottobre. Anche dietro pressioni della Wilhelmstrasse, Hitler si sarebbe immediatamente precipitato in Italia per cercare di fermare Mussolini. Ma una volta tanto arrivò troppo tardi, trovandosi praticamente di fronte al fatto compiuto. Quando il Duce e il Führer si incontrarono a Firenze, il 28 ottobre, l'attacco alla Grecia era infatti già iniziato da alcune ore e rimaneva solo da fare buon viso a cattivo gioco, appellandosi alla diplomatica formula della «perfetta identità di vedute», secondo il comunicato ufficiale.

Hitler considerò invece l'attacco italiano alla Grecia destinato sin dall'inizio all'insuccesso sia per le caratteristiche del terreno che per la stagione scelta; un'avventura gravida di pesanti implicazioni politiche e militari per l'Asse. Gli strali rancorosi di Hitler si sarebbero indirizzati su Ciano, considerato il vero responsabile dell'attacco alla Grecia, e sui capi militari: «quel mondo fossile», «quella mafia aristocratica» di cui Mussolini era costretto a servirsi. Tanto rancore non sarebbe scemato col tempo. Hitler avrebbe addebitato alla campagna di Grecia le difficoltà della Germania, che per accorrere nei Balcani in sostegno dell'Italia si era vista costretta a ritardare l'attacco all'Unione Sovietica, trovandosi così «impantanata» nell'inverno russo.

In effetti, la leggerezza e l'approssimazione nella preparazione della campagna di Grecia non riguardò solo Ciano e i vertici politici, ma anche quelli militari. Aeronautica e marina, che avrebbero dovuto portare avanti un'azione di copertura e di rifornimento alle truppe, erano state tenute all'oscuro dei preparativi stessi della campagna greca. Altre leggerezze e approssimazioni emersero sin dai primi giorni delle operazioni militari, ostacolate da condizioni meteorologiche avverse, ampiamente prevedibili, che avrebbero da un lato impedito l'intervento dell'aviazione, dall'altro rallentato l'avanzata delle truppe. Solo la divisione «Julia», benché scoperta sui fianchi, riuscì a creare una testa di ponte oltre il fiume Kalàmas prima di ricevere, il 7 novembre, l'ordine di ripiegare.

Con il passare dei giorni i ripiegamenti avrebbero assunto il carattere di una vera e propria ritirata, continuando per tutto novembre e tutto dicembre e trasferendo le operazioni militari dall'Epiro al territorio albanese. L'aumentato afflusso di reparti riuniti in fretta e furia (e quindi scarsamente integrati) fu inevitabilmente lento per l'inadeguatezza dei porti albanesi. Soltanto dagli inizi di febbraio la situazione delle armate italiane in Albania avrebbe fatto segnare decisi miglioramenti: ma la drammaticità degli avvenimenti portò alla defenestrazione di Badoglio e del sottosegretario alla Guerra Soddu. La ricerca di capri espiatori e il progressivo riassestamento delle posizioni militari in Albania rappresentarono però solo palliativi per la residua credibilità dell'Italia e del regime fascista. All'interno, alle illusioni di una campagna breve e vittoriosa si sarebbero gradatamente sostituiti l'insoddisfazione per i mancati successi, la delusione e il risentimento per le sconfitte in Grecia e in Africa settentrionale. All'estero, gli insuccessi delle armi italiane avrebbero indotto inglesi e americani a vedere nell'Italia il «ventre molle» dell'Asse. E tra la fine del '40 e gli inizi del 1941 privarono l'Asse di un preziosissimo alleato quale avrebbe potuto essere la Spagna franchista. In un incontro a Bordighera con Mussolini, il 12 febbraio 1941, Franco non volle intendere ragioni per scendere in campo a fianco di Italia e Germania, soppesando opportunamente (secondo alcuni opportunisticamente) l'entità del mancato sbarco tedesco in Inghilterra, il rovescio militare subìto dagli italiani in Grecia e la vittoriosa controffensiva britannica in Africa settentrionale. A quella linea di condotta di neutralità la Spagna franchista si sarebbe rigorosamente attenuta sino alla conclusione del conflitto, nonostante le pressioni, spesso anche minacciose, cui fu sottoposta non tanto dall'Italia quanto dalla Germania.

Gravi, dunque, sul piano interno e internazionale, le ripercussioni cui l'Italia fascista andò incontro dopo il rovescio subìto in Grecia; soprattutto agli occhi di Mussolini, ancor più grave fu il nuovo rapporto venutosi a creare con la Germania. La disastrosa campagna di Grecia rappresentò in pratica la «tomba» della guerra «parallela». Da allora, la partecipazione italiana al conflitto si sarebbe limitata al ruolo di «satellite» della Germania. In altri termini, se non furono i rovesci militari italiani a determinare quel mutamento, certo da essi Hitler – al pari delle gerarchie politiche e militari tedesche – avrebbe colto la palla al balzo per chiarire una volta per tutte la posizione militare dell'Italia nell'ambito dell'alleanza. Una prima avvisaglia in tal senso si ebbe sin dal 20 novembre 1940, quando di fronte alle difficoltà incontrate dalle truppe italiane in Grecia, Hitler affidò a Ciano una lunga e articolata lettera per Mussolini, dove le espressioni di cameratismo e di affetto erano stemperate non solo dalle recriminazioni per un'azione portata avanti in modo avventato, ma anche da un esame delle gravi conseguenze (non solo per l'Italia ma anche per l'Asse) che ne derivavano e delle misure politiche e militari che sarebbe stato giocoforza adottare. A distanza di due mesi, il 19-20 gennaio 1941, in un incontro al Berghof (residenza privata di montagna del Führer) tra Mussolini e Hitler – con la partecipazione a latere di Ciano, Guzzoni, Alfieri e Marras per parte italiana e di von Ribbentrop, Keitel, von Mackensen e von Rintelen per quella tedesca – la parola fine sarebbe calata sulle residue velleità italiane di una guerra parallela. Da allora in poi la partecipazione italiana al conflitto sarebbe stata inserita in una strategia globale, militare e politica, che avrebbe avuto nella Germania il supervisore. Una pillola amara da inghiottire per Mussolini, nemmeno in parte addolcita dai toni estremamente amichevoli e affettuosi con cui Hitler si comportò nei suoi confronti.

Un atteggiamento, quello del Führer, dettato non soltanto da stima e ammirazione per il Duce, ma anche dalla volontà di non «satellitizzare» completamente l'Italia per non compromettere l'immagine del «nuovo ordine» europeo. Mussolini e la politica estera italiana si trovarono tuttavia alla completa mercé di Hitler; una condizione che, in un misto di sospetto, preoccupazione, frustrazione, il Duce non volle mai ammettere. Nel frattempo per due volte toccò alle armi tedesche di togliere le castagne dal fuoco per gli italiani, con interventi che, se da una parte rappresentarono un duro colpo al prestigio delle forze armate italiane, dall'altra indussero sempre più Mussolini a lasciare che gli oneri della guerra pesassero in modo rilevante sull'alleato. Senza contare l'invio di una formazione aerea tedesca per sostenere l'aviazione italiana in Sicilia, sin dal gennaio 1941 il generale Guzzoni aveva richiesto l'intervento di truppe corazzate tedesche in Nordafrica per opporsi alla controffensiva inglese culminata con l'assedio e la caduta di Tobruk. Più decisivo si rivelò l'intervento tedesco in Grecia, con una campagna che, iniziata il 6 aprile 1941, avrebbe in poco più di venti giorni portato le truppe hitleriane ad Atene. Con una rapidità sorprendente, se si teneva conto delle difficoltà incontrate nei mesi precedenti dalle armi italiane, le truppe di Hitler issarono ai primi di maggio la svastica sul Partenone di Atene.

Salò e la «guerra civile»

Estate 1938. Grande festa a Forlì per l'inaugurazione dell'aeroporto voluto da Mussolini, perché non è lontano dalla sua Rocca delle Caminate: là vorrà ritirarsi quando sarà deposto, il 25 luglio del '43. E vi giungerà dopo essere stato liberato dai tedeschi, ma di fatto loro prigioniero.

25 settembre 1943: su quell'aeroporto, da un aereo proveniente da Monaco di Baviera Mussolini scende, reduce da un breve e travagliato soggiorno in Germania presso il quartier generale di Hitler. A scortarlo, ufficiali tedeschi, ad attenderlo, il plenipotenziario tedesco Rudolph von Rahn e il comandante supremo delle ss in Italia, Karl Wolff. È una scena emblematica quella che si svolge quel giorno all'aeroporto forlivese, una scena ben diversa da quella di cinque anni prima. Ora ci sono solo divise e autorità tedesche, a voler ribadire, anche visivamente, la stretta «sorveglianza-protezione» cui il Duce sarebbe stato da esse sottoposto durante tutto l'arco dei seicento giorni della Repubblica sociale.

Era una realtà che Mussolini aveva colto sin dal momento in cui, il 12 settembre, era stato liberato dai tedeschi («Avrei preferito essere liberato dagli italiani» avrebbe poi amaramente commentato con il maresciallo dei carabinieri di Campo Imperatore). Nel blitz ideato dal generale Kurt Student e condotto dal maggiore Hans Mors, del tutto marginale sarebbe stato il ruolo del capitano delle ss Otto Skorzeny, autoaccreditatosi in seguito come «liberatore» del Duce.

Al di là della calorosa accoglienza riservatagli in Germania – con i lampi dei fotografi, il ronzio delle cineprese, i taccuini dei giornalisti a immortalare la ritrovata unità di intenti fra i due Paesi, le due rivoluzioni e i due capi –, Mussolini fu posto dal suo ospite di fronte a un ineludibile aut aut: o accettare di tornare in Italia alla guida di un governo che continuasse la guerra al fianco della Germania, o esporre l'Italia alle dure ritorsioni delle truppe hitleriane.

Mussolini, provato fisicamente e psicologicamente, era convinto che il suo nuovo apparato statale, che si sarebbe chiamato Repubblica sociale italiana, non potesse costituire la resurrezione di un fascismo che per lui era morto e sepolto dopo il 25 luglio. Benché non conoscesse ancora la disgregazione cui il regime, nel suo complesso, nei suoi organismi guida (primo fra tutti il Partito nazionale fascista, che nei giorni successivi a quella data brillò per la propria latitanza) e nei singoli personaggi, era andato incontro dopo la seduta del Gran Consiglio e l'arresto del capo.

Mussolini non nutriva desideri di vendetta o ambizioni politiche o il desiderio di un ritorno alle origini sociali e rivoluzionarie del fascismo. Quel ritorno, semmai, ci sarebbe stato nel nome del nuovo organismo statale, con quell'aggettivo «sociale» a rappresentare al momento l'unica concessione di Hitler a Mussolini, che riuscì a strappare il suo consenso sull'inopportunità di riciclare il termine «fascista». Mussolini si sarebbe piegato dunque all'aut aut postogli da Hitler per motivazioni eminentemente patriottiche, accettando il progetto presentatogli dal Führer come un sacrificio per la difesa dell'Italia. «Non c'è altra scelta» avrebbe confidato al figlio Vittorio. «Bisogna salvare l'Italia da maggiori disastri.» Dovevano risuonare ancora nelle sue orecchie e nella sua mente le parole con cui Hitler aveva fatto vagheggiare «un terribile esempio di punizione» per gli altri alleati della Germania che si fossero ritenuti incoraggiati a imitare il tradimento italiano dell'8 settembre e l'esplicita minaccia finale: «L'Italia settentrionale dovrà invidiare la sorte della Polonia, se Voi non accettate di ridare valore all'alleanza fra la Germania e l'Italia mettendoVi a capo dello Stato e del suo governo». Di fronte a quelle minacce – che i militari tedeschi avrebbero voluto porre in atto in ogni caso, frenati soltanto da Hitler e dal suo rapporto personale con il «vecchio maestro» – Mussolini non aveva possibilità di scelta, non poteva più ricorrere all'arma del compromesso come tante volte durante il Ventennio. I rapporti di forza si erano ora più che mai ribaltati a vantaggio della Germania hitleriana, e l'unica strada ormai percorribile era quella di tentare di rendere meno pesante e tragico il regime d'occupazione e di non lasciare ai tedeschi carta bianca nelle regioni del Nord d'Italia – dalle Prealpi al litorale adriatico – sin dal 10 settembre 1943 trasformate con un decreto di Hitler in «zone d'operazione» e affidate alla guida rispettivamente dei *Gauleiter* Hofer e Rainer.

Una misura che avrebbe in effetti costituito uno dei principali pomi di discordia nelle relazioni italo-tedesche durante l'intero arco della Repubblica sociale, soprattutto per quanto riguardava la politica filoslava inaugurata dai funzionari tedeschi nelle province adriatiche. Questa politica sarebbe stata oggetto di frequenti passi del ministero degli Esteri di Salò presso le autorità tedesche per eliminare atteggiamenti e misure che finivano per costituire altrettanti gravi attentati al prestigio della Repubblica e alle sue proclamazioni di indipendenza e di sovranità.

Il destino dei territori orientali – minacciati da opposti fronti dalle chiare anche se smentite mire tedesche e dalla più che mai arrogante presenza slava – stava particolarmente a cuore a Mussolini, più ancora di quello della regione altoatesina, in cui esisteva una ben diversa situazione etnico-linguistica, che soltanto per lo scoppio della guerra non era stata drasticamente risolta con il sistema delle «opzioni». Non a caso, anche in seguito a insistenti passi presso Hitler, Mussolini riuscì a ottenere dai tedeschi, negli ultimi mesi della Repubblica sociale, l'invio nella Venezia Giulia di reparti della X Mas di Junio Valerio

Borghese in funzione dichiaratamente antititina; una operazione (rivelatasi peraltro tardiva sul piano militare) indubbiamente favorita – anche se non concordata per canali ufficiali – dal governo del Sud e dagli inglesi, timorosi che a ruota degli iugoslavi potessero arrivare nella zona anche i sovietici. La decisione assunta non avrebbe comunque cancellato in Mussolini il senso di depressione che, pur con alti e bassi, avrebbe caratterizzato il suo stato d'animo nei mesi della Repubblica sociale. Uno stato d'animo chiaro sin dal tono dimesso del suo primo messaggio da Radio Monaco, il 18 settembre, al punto che in molti dubitarono dell'autenticità della sua voce:

> Camicie nere, italiani e italiane, dopo un lungo silenzio, ecco che nuovamente vi giunge la mia voce e sono sicuro che la riconoscerete: è la voce che vi ha chiamato a raccolta nei momenti difficili e che ha celebrato con voi le giornate trionfali della Patria.

Mussolini proseguiva facendo ricadere sulla monarchia le responsabilità del tradimento e fissando i postulati del nuovo Stato repubblicano, primo fra tutti la necessità di «riprendere le armi a fianco della Germania, del Giappone e degli altri alleati: soltanto il sangue può cancellare una pagina così obbrobriosa nella storia della Patria». Un Mussolini, nei diciotto mesi della Repubblica sociale, sostanzialmente disincantato, quasi «assente» o almeno estraneo agli accesi dibattiti e alle polemiche scoppiate tra le varie «anime» del fascismo, riunite ma separate sotto lo stesso tetto nella confusa atmosfera crepuscolare di Salò.

Le avvisaglie di quei dibattiti, di quelle polemiche e della confusione che ne sarebbe inevitabilmente derivata si manifestarono presto. Durante i lavori del congresso del Partito fascista repubblicano, apertosi il 14 novembre 1943 al Castelvecchio di Verona, si sfiorò la vera e propria rissa, in un continuo accavallarsi di recriminazioni per il passato e il presente, tra i residui esponenti del «movimento» (rimasti in ombra, se non emarginati, durante il Ventennio) e quelli del «regime». Particolarmente dure le critiche rivolte non solo al passato ma anche e soprattutto a un presente in cui molti (lo stesso Partito fascista repubblicano e il suo segretario, Alessandro Pavolini) proprio dalla lezione di quel passato non sembravano voler trarre la spinta a un radicale rinnovamento di linea e di metodi politici. Di fronte alla «babele» di linguaggi emersa dal congresso veronese, Mussolini si limitò a privati benché duri commenti sulla «bolgia vera e propria», sulle «chiacchiere confuse», sulle «strane» tendenze (comprese quelle «comunistoidi»), lamentando semmai che pochi avessero affrontato il tema prioritario del combattimento per difendere la Repubblica. Soltanto commenti, dunque, a conferma di come Mussolini non volesse (o non potesse) durante la Repubblica sociale compiere una autorevole e decisiva opera di mediazione tra gli opposti schieramenti. Questo atteggiamento lasciò campo libero al proliferare delle polemiche, soprattutto sulla stampa, dai fogli locali e settoriali alle testate più prestigiose, frenate a stento e a volte troppo tardi dagli interventi censori del ministro della Cultura popolare Ferdinando Mezzasoma.

Non a caso proprio Mezzasoma parlò di «colpo più duro finora inferto al prestigio del governo fascista repubblicano» a proposito di un articolo, *Se ci sei batti un colpo*, apparso il 21 giugno 1944 sulla «Stampa» di Torino a firma del direttore Concetto Pettinato, in cui si lanciava una chiara accusa di latitanza al governo della Repubblica sociale.

In mezzo al proliferare delle polemiche, Mussolini diede l'impressione di non volersi schierare decisamente né con i «moderati», né con gli «intransigenti», o semmai di sentirsi più vicino ai primi senza riuscire però a distaccarsi del tutto dai secondi. Non altrimenti potrebbe spiegarsi il Mussolini quasi scandalizzato dalle tendenze «comunistoidi» emerse dalla «babele» del congresso di Verona e che, a distanza di qualche mese, sulla «Corrispondenza Repubblicana» del 5 febbraio 1944, in un articolo dal titolo *Parla Molotov* si esprime con toni altamente lusinghieri nei riguardi di Stalin.

E ancora non si spiegherebbe il Mussolini che stigmatizza sulla «Corrispondenza Repubblicana» del 3 dicembre 1944 come inutili «bizantinismi» le richieste dei vari Pettinato, Giovannini, Spampanato, Cione, Parini, Bombacci, favorevoli al superamento del partito unico e a una pur «timida» apertura a un pluripartitismo. O il Mussolini che il 16 di quello stesso mese, nel discorso del Lirico a Milano, ammette pubblicamente la possibilità della presenza, accanto al partito unico, di altri gruppi, con funzione «di controllo e di responsabile critica sugli atti della pubblica amministrazione», e concede di lì a poco l'autorizzazione alla formazione del Raggruppamento nazionale repubblicano socialista dello stesso Cione. Né si spiegherebbe il Mussolini che mostra di apprezzare «moderati» come Borsani, Balisti o Pettinato, ma che poi accetta quasi passivamente che su di essi si abbatta pesantemente la rivalsa degli «intransigenti»: Borsani fu rimosso dalla direzione di «Repubblica Fascista», Balisti rimase per poche ore soltanto (nel gennaio del '45) segretario del partito al posto di Pavolini, Pettinato (da lui stesso definito «la nostra più importante mente giornalistica») fu estromesso dalla direzione della «Stampa».

Mussolini non riuscì a intervenire neanche nel gennaio 1944, nel momento drammatico del processo di Verona e della condanna a morte degli imputati, primo fra tutti il suo ex delfino Galeazzo Ciano, marito di sua figlia Edda e padre dei suoi nipoti. La domanda di grazia non fu fatta arrivare sulla sua scrivania. Soprattutto per le manovre dei «duri» del partito – con Pavolini, uno dei maggiori beneficiati da Ciano durante il regime, tra i più intransigenti –, si decise a dare un esempio punendo con la morte i «traditori» del 25 luglio. I tedeschi interessati e, almeno apparentemente, neutrali osservatori di una «resa dei conti» fra italiani in cui non immischiarsi apertamente, difficilmente avrebbero accettato una soluzione diversa dalla condanna capitale. Solo in un caso Mussolini si mostrò meno tentennante e più deciso, e fu sul progetto di legge sulla socializzazione delle imprese, difeso strenuamente nonostante le perplessità (quando non fossero resistenze vere e proprie ai limiti del boicottaggio) espresse da alcuni settori del fascismo repubblicano, dagli ambienti industriali e dalle autorità tedesche, timorose di una involuzione a sinistra della Repubblica sociale. Su quel progetto Mussolini tenne duro, vuoi per un «rigurgito» di socialismo delle origini, vuoi per consumare una vendetta nei confronti della borghesia che lo aveva «tradito», vuoi ancora – come avrebbe affermato nel discorso del Lirico in una sorta di «testamento politico» – per «disseminare la valle Padana» di «mine sociali». In ogni modo, alla resa dei conti le resistenze – unite al progressivo deteriorarsi della situazione generale – si sarebbero rivelate più tenaci della volontà dello stesso Mussolini, e la legge sulla socializzazione sarebbe in pratica rimasta sulla carta, applicata soltanto in alcune aziende tipografiche.

È chiaro comunque come, al di là dell'atteggiamento tenuto da Mussolini, il dibattito sviluppatosi sulla stampa nei mesi della Repubblica di Salò contribuì allora a fornire una certa immagine di vivacità (tanto più se confrontata con l'appiattimento imposto durante il regime dalle veline del Minculpop) e conferma oggi l'immagine di una Repubblica sociale tutt'altro che unitaria. Se si pensa che nella Repubblica di Mussolini sono convissuti (combattendosi o ignorandosi) veri e propri delinquenti comuni come Pietro Koch e gentiluomini come il diplomatico Luigi Bolla, fanatici antisemiti come Giovanni Preziosi e un filosofo come Giovanni Gentile, estremisti come il ministro degli Interni Guido Buffarini-Guidi o Pavolini e moderati come Pini o Pettinato e uomini di sinistra come il «comunista» Bombacci e il socialista Carlo Silvestri, ecco che da questa incompletissima casistica scaturisce l'impossibilità di proporre una immagine unitaria della Repubblica mussoliniana.

Analogamente fuorviante sarebbe continuare a battere sul tasto di una Repubblica sociale governo o Stato «fantoccio», completamente asservito ai tedeschi. È vero, infatti, che la nascita di quel governo e di quell'organismo statale fu imposta dai tedeschi (da Hitler, anzi) a Mussolini, pena la messa a ferro e fuoco dell'Italia settentrionale da parte delle truppe del Reich. Ma è altrettanto vero che, nelle particolari condizioni in cui la Repubblica sociale nacque – nell'abisso del discredito internazionale e del disgregamento nazionale in cui l'armistizio dell'8 settembre aveva fatto piombare l'Italia –, sarebbe stato impossibile per essa rivendicare una vera e propria autonomia. E quel poco che riuscì a ritagliarsi in tal senso lo si dovette unicamente alla presenza come capo dello Stato e del governo (nonché del ministero degli Esteri) di una figura carismatica come quella di Mussolini. Al punto che quella figura – pur ridimensionata dal 25 luglio – avrebbe finito per legare le mani ai tedeschi (soprattutto ai militari) che avrebbero preferito avere a che fare con personaggi più «malleabili» come un Roberto Farinacci, un Preziosi, un Augusto Turati. Non uno Stato «fantoccio», dunque, la Repubblica sociale, semmai uno Stato capace di mantenere, sino agli ultimi mesi di vita, una propria efficienza organizzativa, con una sua amministrazione e una sua burocrazia, un apparato militare (peraltro squassato da continue polemiche tra i fautori di un esercito «nazionale» e apolitico, come Graziani, e quelli di un esercito «fascista» e politicizzato al massimo, come Renato Ricci e Pavolini), una polizia (magari anche più di una), una struttura politica, una diplomazia e via dicendo.

Il fatto che quell'organismo statale fosse costretto a muoversi in mezzo a mille difficoltà, che ne avrebbero inevitabilmente minato il prestigio, all'interno e all'estero, può essere proprio una conferma di quella efficienza, che avrebbe evitato la completa «bancarotta». Nello stesso tempo – a proposito di «bancarotta» – fu un vero e proprio «miracolo» che le finanze dello Stato fascista repubblicano potessero reggere a un salasso minimo di 12 miliardi di lire mensili (con punte massime sui 17 miliardi) – lire del 1943-45! – da corrispondere ai tedeschi per spese di occupazione, secondo gli accordi siglati sin dai primi mesi della Repubblica sociale e onorati sino a tutto il marzo 1945.

Nel successivo mese di aprile, con il crollo definitivo, sarebbe stato assurdo pretendere l'ottemperamento di questi impegni. Diverse erano le prospettive che si aprivano per tedeschi e fascisti. Per alcuni – per i più «compromessi», o presunti tali – sarebbero state quelle consumatesi sul lungolago di Dongo il 28 aprile 1945 o, per Mussolini e Claretta Petacci, a Giulino di Mezzagra. Vicende sulle quali ancora oggi, a distanza di oltre mezzo secolo, si accavallano ombre, interrogativi, in qualche caso ancora paure (la paura che sembra attanagliare gli ormai pochi testimoni oculari). Comunque sia realmente avvenuta l'uccisione di Mussolini e di Claretta Petacci, chiunque sia stato ad armare quella o quelle mani, è certo poi che l'esposizione dei cadaveri a piazzale Loreto a Milano e lo scempio su di essi compiuto dalla folla rappresentarono una pagina di squallore e di ferocia che nessun sentimento di vendetta e di rivalsa potranno mai giustificare. Oggi, a distanza di oltre mezzo secolo, ma anche allora, se è vero come è vero che alcuni autorevoli esponenti dell'antifascismo si ritrassero inorriditi di fronte allo «spettacolo» di piazzale Loreto.

Sotto molti punti di vista, dunque, si potrebbe parlare, per la Repubblica sociale, di «repubblica necessaria», che in qualche modo raggiunse una parte almeno degli obiettivi che si era prefisso Mussolini con la sua scelta, obbligata e patriottica insieme, del settembre 1943. Il prezzo pagato per quella scelta e per quegli obiettivi sarebbe stato comunque troppo alto: lo scatenarsi di una guerra civile che, senza la Repubblica sociale, non avrebbe avuto senso o avrebbe verosimilmente lasciato il passo a una guerra di liberazione dall'occupante. È chiaro come il clima di generale disorientamento seguito all'armistizio dell'8 settembre avesse contribuito ad acuire le difficoltà (operative e politiche insieme) di uno schieramento antifascista già quantomai variegato e costretto da quella data a un duplice confronto, militare al Nord contro i tedeschi, eminentemente politico al Sud con gli alleati. Un rapporto, quello dello schieramento antifascista con gli anglo-americani, segnato da non poche incomprensioni, con gli alleati poco propensi a fare agli italiani concessioni maggiori, sul piano politico-militare, rispetto a quelle «minime» riguardanti un semplice ruolo da «quinta colonna».

Non erano soltanto diffidenti, gli alleati, circa l'utilità del contributo militare italiano, ma anche, e ben di più, preoccupati per le prospettive immediate e future degli sviluppi politici della situazione italiana. Preoccupati, in particolare, del ruolo che in quella situazione avrebbe potuto giocare il Partito comunista che – a onta dello spirito unitario da infondere alla lotta antifascista – occupava uno spazio predominante all'interno del Comitato di liberazione nazionale. Proprio per questo, da parte anglo-americana fu portato avanti un piano per approfondire (e non certo appianare) le evidenti motivazioni di differenziazione esistenti all'interno del Comitato di liberazione nazionale, la cui formula unitaria sarebbe in effetti andata incontro a un processo di disgregazione sempre più chiaro man mano che si allontanava la fase cruciale del conflitto e che le preoccupazioni per l'assetto politico interno e internazionale prendevano il sopravvento.

Le uniche preoccupazioni per le forze della Resistenza non provenivano solo dai non sempre idilliaci rapporti con gli anglo-americani; esse si dovettero misurare, soprattutto all'inizio, con il problema della ben scarsa partecipazione popolare. Non si trattò di un atteggiamento ideologico, in quanto un generico senso di estraneità, se non di rifiuto vero e proprio, avrebbe riguardato la Resistenza non meno della Repubblica sociale: chiaro segno di come il pur avvenuto distacco dal fascismo e l'avversione per i nazisti non avessero automaticamente trasformato la maggioranza degli italiani in altrettanti partigiani. Più semplicemente si trattò di una sorta di «strategia di sopravvivenza», un'autodifesa e insieme un tentativo di fuga da una realtà che, da qualunque angolazione la si vedesse, non ispirava granché ad assumere decise prese di posizione. Un atteggiamento particolarmente diffuso nel mondo contadino che, dopo essersi umanamente prodigato a favore dei militari sbandati o dei prigionieri anglo-americani evasi, si chiuse in se stesso negli anni della guerra civile, evitando di prendere posizione attiva a favore di alcuno dei contendenti, si trattasse di fascisti, tedeschi, alleati o partigiani.

Un clima di attesa, dunque, o di fatalistico attendismo, rotto il 19 febbraio 1944 dagli effetti dirompenti del «bando Graziani». Il fenomeno della renitenza (quasi il 41 per cento) e quello delle diserzioni (il 12 per cento) rappresentarono in effetti un duro scacco per la Repubblica sociale (dando ragione a chi, come Mussolini, avrebbe preferito puntare su un esercito di volontari, ostacolato anche in questo dai tedeschi) e un grosso successo politico-propagandistico per la Resistenza.

Ancora una volta, tuttavia, la scelta di molti, dei più – vuoi di chi rispose al bando, vuoi di chi si nascose o salì in montagna –, fu dettata da una prioritaria «difesa di se stessi»; accanto a molti partigiani convinti, o ad altrettanto convinti fascisti, molti furono gli opportunisti o gli attendisti. Le cifre, per quanto discordanti, gonfiate o ridimensionate, a seconda di contingenti o perduranti motivazioni ideologiche, sono di per sé eloquenti. Si passa infatti, per le forze partigiane, da una stima minima di 110.000 unità nell'ottobre 1944 a una più attendibile, fornita nel secondo dopoguerra da Ferruccio Parri, di 200.000. Furono 230.000 i combattenti e 117.000 i patrioti civili secondo Luigi Longo, mentre altre fonti parlano più dettagliatamente di 174.685 combattenti e 83.668 civili al Nord e di 60.750 combattenti e 52.830 civili al Sud. Del tutto inattendibili, invece, le cifre enormemente gonfiate dell'immediato dopoguerra, nella vera e propria «corsa» alla tessera di partigiano che si scatenò in quegli anni. Sull'altro fronte, quello dell'esercito repubblicano fascista, si passa da una stima di parte di 780.000 unità nel settembre 1944 (di cui 520.000 militari e 260.000 lavoratori militarizzati) a una più attendibile di 573.000.

Una constatazione numerica, questa, che non vuole certo sminuire l'importanza di un evento storico come la Resistenza nella vita politica e civile italiana, quanto piuttosto contribuire a liberare la Resistenza stessa da una mitizzazione che per troppo tempo ha costituito un impedimento a una sua corretta interpretazione storiografica. Proprio su quella mitizzazione si deve in fondo far ricadere la mancata comprensione del trauma dilacerante che l'8 settembre 1943 avrebbe rappresentato per l'Italia. Una mancata comprensione, soprattutto, di come quell'evento traumatico fosse stato vissuto dalla stragrande maggioranza della popolazione (44 milioni contro i 4 circa di «coinvolti» come combattenti, fiancheggiatori e familiari, fra i due opposti schieramenti). Una maggioranza della popolazione rimasta per molto tempo estranea al conflitto civile e invece dalla mitizzazione resistenziale trasformata automaticamente e arbitrariamente in «grande movimento popolare». Una realtà raccontata meglio da pellicole come *Tutti a casa* di Luigi Comencini o da libri come *Il sentiero dei nidi di ragno* di Italo Calvino, piuttosto che da storici troppo condizionati da pressioni ideologiche, personali o ambientali per cogliere la tragicità dell'evento. Per valutare, sul piano storiografico, la censura morale che l'8 settembre avrebbe scandito all'interno del Paese, accentuandovi la crisi di identità nazionale e di valori, e che avrebbe forse trovato nelle ciniche e sofferte pagine della *Pelle* di Curzio Malaparte la rappresentazione più nitida e più fosca. «Un magnifico giorno» scriveva Malaparte a proposito dell'8 settembre 1943

> in cui tutti noi ufficiali e soldati facevamo a gara a chi buttava più «eroicamente» le armi e le bandiere nel fango ... Finita la festa, ci ordinammo in colonna e così senza armi, senza bandiere, ci avviammo verso i nuovi campi di battaglia, per andare a vincere con gli alleati questa guerra che avevamo già persa con i tedeschi ... È certo assai più difficile perdere una guerra che vincerla. A vincere una guerra sono tutti buoni, non tutti sono capaci di perderla.

Il problema dell'identità nazionale

Il processo unitario italiano appare contrassegnato, nel suo sviluppo così come nel suo esito, da una intima debolezza. Che tale si paleserà anche nello stesso concetto di identità nazionale. Proprio a processo unitario compiuto ci si renderà conto di come il sentimento nazionale fosse stato in fondo prerogativa di una minoranza – sul piano politico e culturale – allargatasi, dopo il 1861, grazie al lento ma progressivo inserimento dei ceti più umili, che ebbero sempre maggiori possibilità di accesso all'istruzione e riuscirono in gran numero a conquistarsi un accesso a superiori livelli sociali. Sul piano ideologico, la debolezza dell'identità nazionale derivava dall'eredità umanistico-retorica dei valori laici propri del Risorgimento. Retaggio che non consentiva effettiva e convinta partecipazione delle masse popolari alla vita dello Stato unitario. Si può pertanto parlare, per l'Italia, di una mancata «nazionalizzazione delle masse»: sia per il radicamento nella società (soprattutto in quella contadina) della tradizione cattolica, volta in modo più o meno consapevole e polemico a considerare la nazione in un'ottica ora a-nazionale, ora super-nazionale; sia per l'opposizione socialista, localistica o internazionalistica che fosse.

A tutto questo si aggiungerà l'assenza di una forte e stabilizzata tradizione statale, con uno Stato unitario e centralizzato sostanzialmente incapace di conciliare diverse realtà storiche (e insieme politiche, linguistiche e culturali). La soluzione unitaria e centralizzata per certi versi fu imposta dagli avvenimenti successivi al 1861, con la necessità di rispondere agli avversari interni così come a quelli esterni, chiudendo le porte sia a possibili soluzioni rivoluzionarie, sia alle tendenze centrifughe che si profilavano soprattutto nel Mezzogiorno con il fenomeno del cosiddetto «brigantaggio», duramente represso. In un raro documento si può leggere l'invito autografo di un capobanda borbonico ai giovani del suo paese «perché si arruolino e combattano [con lui] contro il Re sabaudo scomunicato».

Nel secondo dopoguerra, in particolare, la storiografia italiana e straniera ha avuto di che sbizzarrirsi nel ricercare le cause della crisi dello Stato liberale, sfociata poi nel fascismo. Gli storici stranieri – in particolare quelli britannici – hanno anzi ripreso e ampliato le critiche a suo tempo rivolte da un Gobetti e un Salvemini all'assenza di un autentico spirito liberale nella vita italiana e ai caratteri sostanzialmente autoritari e conservatori presenti nella soluzione «unitaria». Da così autorevoli premesse, è stato per certi versi agevole porre sotto accusa l'intero sistema liberale italiano, nel Parlamento come nel Paese, la sua incapacità di dar vita a uno Stato moderno o a un effettivo regime di libertà, di democrazia e di progresso. Di qui verrebbe il ricorso, nella vita parlamentare, al compromesso, alla corruzione, a soluzioni di carattere autoritario e all'accentramento del potere più o meno sempre nelle mani di una classe dirigente, incapace di rinnovarsi. (Uno sguardo alla stampa del tempo offre il frastornante, ripetitivo, immutabile incalzare dei sempre identici nomi, problemi, programmi, crisi.)

Ai giudizi degli storici stranieri sulla vita politica dell'Italia unita, a quelle critiche pesanti spesso gravate da un antistorico metodo di giudicarci sulla falsariga della storia d'altri Paesi, hanno dato adeguata risposta studiosi come Croce, Chabod e, per ultimo, Rosario Romeo. Questi in pratica hanno negato la presenza di un carattere autoritario nello Stato unitario, e hanno messo in risalto una diversa caratteristica di fondo della vita politica italiana dopo il 1861: la presenza di radicali contrasti, in Parlamento e nel Paese, che almeno sino all'entrata in scena dei socialisti nessuna forza fu in grado di interpretare. Gli stessi socialisti, pur mostrando un indubbio interesse per settori sociali ancora tenuti al margine della vita politica, finirono per accettare il sistema parlamentare, senza però riuscire a ricompattare la larga frattura esistente tra masse popolari e istituzioni. E fallirono (unici tra i socialisti europei) nel momento supremo del primo conflitto mondiale.

In una simile situazione, la classe dirigente italiana cercò, sì, di favorire una larga partecipazione di varie forze sociali alla vita pubblica; ma portò avanti con particolare lentezza quel processo, adeguandosi al generale lento ritmo dell'evoluzione del Paese. Il nazionalismo tentò di porsi come «correttivo» di tale situazione, puntando alla nazionalizzazione delle masse, e si fece portatore di valori diversi da quelli liberalnazionali del Risorgimento; tali in ogni modo da superare la tradizionale opposizione dei cattolici e quella localistica dei socialisti. D'altronde, nonostante vari tentativi di proselitismo, i nazionalisti non riuscirono a fare breccia verso il basso. Così come le tendenze «tricolori» emerse all'interno del socialismo sarebbero rimaste sempre in minoranza nel partito. Quanto poi al mondo rurale – tradizionale terra di conquista dei cattolici –, il nazionalismo se ne precluse in pratica qualsiasi possibilità di penetrazione con il proprio carattere legato pressoché esclusivamente allo sviluppo industriale e poco o nulla attento ai problemi delle campagne.

Vennero meno, all'azione del nascente nazionalismo italiano, sia il supporto di un comune mito delle origini, sia quello dei miti della storia passata. Di essi, invece, potevano fruire gli spagnoli quando si riferivano al «Siglo de oro», i monarchici francesi evocando l'«Age de Louis XIV» e i tedeschi con il «Testamento di Arminio». Niente di tutto questo in Italia, se non episodi di fierezza municipale, tanto più sporadici quanto più gonfiati dalla retorica nazionalista, accanto ai ricorrenti richiami alla passata grandezza che aveva lasciato indelebile traccia di sé – se non sul piano politico e militare, almeno su quello artistico e culturale. Non poteva certo sfuggire ai nazionalisti la necessità che l'orgoglio nazionale, divenuto il motore della storia, potesse contare sulla forza trascinante dei miti. Una necessità che, sul finire del secolo XIX, fu compresa e interpretata soprattutto da Francesco Crispi (un «protonazionalista», peraltro troppo legato al passato rispetto ai nazionalisti del XX secolo). La sua retorica precedette di oltre un trentennio quella dannunziana, quantunque da essa ben diversa, nella forma come nei contenuti.

Sarà nel Risorgimento che Crispi si sforzerà di rintracciare quel mito; e la storia del Risorgimento, pur tanto recente, sarà da lui per certi versi «santificata» e circonfusa di quel particolare fascino che di solito circonda le epoche più remote. In questa ottica devono leggersi e interpretarsi i richiami di Crispi, soprattutto nella Commemorazione del Vespro del 31 marzo 1882 (dove un soprassalto di insurrezione comunale del XIII secolo verrà saldato ai moti del Risorgimento). L'altro richiamo di Crispi al mito del Risorgimento è quello sull'impresa di Garibaldi; evocato nel suo famoso, appassionato discorso *I mille e la Sicilia*, pronunciato a Palermo il 27 maggio 1885. Anche su questa retorica si sarebbero indirizzati gli strali della storiografia straniera, pronta a ironizzare (come nell'immagine della Trinacria-Sicilia pescata all'amo da Garibaldi) sui nostri miti. E in particolare su quelli giobertiani e mazziniani del «primato» e della «missione» dell'Italia, nei quali essi vedevano una inequivocabile pretesa di superiorità, se non razziale, certo morale della nazione italiana. Per non parlare del mito di Roma: altra ipoteca che il Risorgimento avrebbe lasciato in eredità all'Italia unita prima e a quella fascista poi.

Anche in questi casi, comunque, non sarebbe stato difficile per le menti più aperte della storiografia italiana rintuzzare quegli strali, spesso tendenti a denunciare un continuo oscillare, in Italia, tra la «megalomania» dei prìncipi e la «micromania» della realtà. Sarebbe stato agevole dimostrare come le dottrine del primato e della missione dell'Italia si muovessero in ambito non grettamente localistico, ma avessero un respiro universale; e non fossero dottrine o miti esclusivamente italiani, ma si rinvenissero anche nella storia di altri Paesi europei. Quanto poi al mito di Roma, proprio Chabod – non sospettabile di simpatie per le trasfigurazioni da esso subìte in epoca fascista – avrebbe sottolineato la sua importante funzione sentimentale, sia durante le lotte del Risorgimento, sia nei primi passi dell'Italia unita.

Sul piano ideologico, il mito nazionalista degli inizi del XX secolo si riallacciò a quello di ispirazione risorgimentale democratica. Ovviamente, dopo averlo riveduto e corretto (il più delle volte stravolto) alla luce delle trasformazioni (talvolta velenose) subìte nel corso dell'Ottocento, dei crescenti condizionamenti del potere economico su quello politico e militare. E del sempre più acuto confronto tra le nazioni sul piano della potenza, passaggio da una idea spirituale a una etnico-razziale della nazione.

Considerazione che si può riferire per molti versi anche al nazionalismo italiano, uscito ben presto da un certo iniziale confusionismo, senza dubbio dovuto alla coesistenza – al proprio interno – di tre distinte connotazioni: una prevalentemente letteraria e retorica (con Enrico Corradini e la rivista fiorentina «Il Regno», nata nel 1903); l'altra di tipo tecnocratico e istituzionale (con Alfredo Rocco); l'ultima più prettamente politica (con Luigi Federzoni). E tre furono le fasi del movimento nazionalista: la prima, nel primo decennio del XX secolo, si segnalò per una elaborazione delle esperienze straniere in chiave nazionale (Franco Gaeta la definirà la fase «mitologica» del nazionalismo italiano). La seconda, che caratterizzò gli anni dell'anteguerra, vide il nazionalismo tentare di darsi veste politica. E l'ultima si sviluppò dalla campagna interventista sino alla fusione con il fascismo, nel 1923.

Di un nazionalismo italiano come movimento politico nuovo, che si ispira alle idee della grandezza nazionale e dell'imperialismo, si può parlare soltanto con la guerra alla Turchia per la conquista della Libia. All'inizio si trattò di un movimento di opinione che rifletteva più o meno pedissequamente analoghi modelli stranieri; assertore della nazione come valore assoluto travalicante qualsiasi altro ideale politico e sociale; per una politica di espansione all'esterno e di disciplina all'interno. Il movimento, non rinnegando del tutto un carattere letterario e retorico, assunse anche precisi connotati ideologici, per una radicale trasformazione della società e dello Stato, secondo i princìpi di un moderno autoritarismo di massa, nell'ambito della politica economica e sociale legata allo sviluppo capitalistico in Italia.

Nella fase embrionale, il nazionalismo italiano stentò nel darsi precisa caratterizzazione ideologica, rimasta per lo più avvolta nelle nebbie della retorica e delle sue ibride componenti. Carattere non sfuggito a Benedetto Croce che, nel 1907, vi avrebbe visto, come egli scrisse,

> l'emergere confuso di nuovi ideali presso le nuove generazioni borghesi, che sono ormai stanche e deluse dal socialismo, fatto veramente negativo, vera e propria «malattia morale», che conduce «gli operai della grande industria del vuoto» a propugnare ideali di dominazione e devastazione, senza sapere con sicurezza contro chi e perché e con quali mezzi e quali fini muovere tanto fracasso.

Anche alla luce del giudizio di Croce – forse alquanto ingeneroso –, risulterà fondamentale per il nazionalismo italiano l'opera chiarificatrice iniziata da Enrico Corradini e proseguita da Luigi Federzoni, Goffredo Coppola e Alfredo Rocco. Merito di Corradini fu l'aver creato una simbiosi tra mito imperialista e populismo nazionale; un superamento del socialismo, concependo la nazione come unità organica di gruppi sociali diversi, distinti ma equilibrati, cementati da una solidarietà naturale nemica di qualsiasi particolarismo individuale o di classe che fosse. Corradini avrebbe integrato il mito nazionalista con l'appello demagogico alle masse: una fusione favorita sia dalla suggestione dei moderni movimenti di massa, sia dall'esame della realtà italiana, caratterizzata da un incremento demografico e da un fenomeno dell'emigrazione decisamente notevoli tra la fine del XIX e l'inizio del XX secolo, quando dieci milioni di emigranti, quasi una mezza Italia, lasciarono il proprio Paese.

Un esodo le cui conseguenze si riflettono ancora oggi negativamente nel nostro Meridione. E quando Corradini e i nazionalisti parlavano di emigrazione, non andavano a ricercarne le cause sociali ed economiche, bensì la attribuivano *tout court* sia alla potenza demografica della razza italiana, sia all'incapacità della classe politica a indirizzarla verso conquiste coloniali anziché verso Paesi stranieri.

Di qui alla pressante richiesta di una politica estera imperialista il passo fu breve e consequenziale, come chiaramente emerse dai lavori del primo congresso nazionalista tenutosi a Firenze nel dicembre 1910. Durante quel congresso – organizzato con lo scopo di fondere le opposte tendenze repubblicane, monarchiche, liberiste, protezioniste, irredentiste, tripliciste del nazionalismo italiano, Corradini enunciò un parallelo tra la concezione marxista dello sfruttamento del proletariato da parte della borghesia e quello delle nazioni proletarie (come l'Italia) da parte delle nazioni ricche. In quest'ottica l'emigrazione si confermava non problema sociale ma politico, e l'Italia doveva pertanto trasformare le proprie schiere di emigranti in eserciti di conquista, anche se ciò avesse dovuto significare la guerra.

La concezione nazional-imperial-popolare di Corradini (che, pur opponendosi al socialismo, puntava a una integrazione delle masse in un nuovo sistema politico-economico) non resse comunque per molto tempo. Dopo il congresso fiorentino, che segnò la nascita dell'Associazione nazionalista italiana e, a partire dal marzo 1911, del settimanale «L'Idea Nazionale», si evidenziarono sempre più i caratteri imperialisti, conservatori e reazionari del movimento. Al suo interno furono progressivamente messe a tacere (soprattutto con il secondo congresso, a Roma, nel dicembre 1912) le voci democratiche e sinceramente irredentiste. Per molti versi, sarebbe stato nella partecipazione alla guerra che la classe politica avrebbe riposto il significato di una inoppugnabile prova del conseguimento (o meno) di una coscienza e di una identità nazionale negli italiani. La guerra, in altre parole, avrebbe dovuto costituire il vero e proprio «esame di maturità» della giovane nazione.

Quell'esame venne superato, al prezzo altissimo che la società italiana avrebbe dovuto pagare alla fine del conflitto, nel drammatico dopoguerra, sia con la radicalizzazione dello schieramento «antinazionale» (frutto anche di un fattore esterno importante come la Rivoluzione di ottobre e il vero e proprio «culto» che essa avrebbe avviato), sia con l'esaurimento della classe dirigente che, in mezzo a tante difficoltà, aveva accompagnato e guidato il Paese in quella prova. Sul piano interno, dunque, l'intervento dell'Italia in guerra si sarebbe rivelato un grave errore, in parte spiegabile con la convinzione (diffusa a dire il vero anche fuori dell'Italia) che la guerra sarebbe stata di breve durata.

Per tornare all'anteguerra, è certo che il Paese era uscito dalla crisi finanziaria postunitaria, e aveva raggiunto un notevole grado di prosperità. Con una punta di esagerazione nazionalistica, l'economista Maffeo Pantaleoni scrisse nel 1910:

> Non esiste al mondo un Paese nel quale, come nel nostro, le iniziative degli individui privati abbiano raggiunto così alta quota di rendimento utile, sostanziale, progressivo; non vi è un Paese in Europa che nell'ultimo decennio abbia dato, come il nostro, tanta prova di energia individuale nel progresso economico.

Era anche vero, però, che le strutture del Paese si presentavano ancora estremamente fragili, sul piano dell'equilibrio politico interno così come su quello dei rapporti sociali. Stati ben più solidi dell'Italia avrebbero a lungo dovuto subire i contraccolpi politici ed economici della guerra; conseguenze che sarebbero state quindi più lunghe e pesanti nella società italiana.

Una società, una nazione – la nostra – che nasce, si unisce, progredisce, ma non riesce appieno, malgrado tutto, a riconoscere la propria identità. La cerca, quasi scolasticamente, elementarmente, in quei miti che come fantasmi trovano dimora nella retorica dell'immaginario popolare. Come i monumenti; e anche nella pietà, quale la può testimoniare – tra l'altro – un itinerario al Cimitero monumentale del Verano, a Roma, tra le «tombe storiche», mosaico di simboli, date, nomi. Tombe di eroi del Risorgimento, di eroi della guerra d'Africa, di caduti del primo conflitto mondiale. In queste immagini può identificarsi «la nazione»? È un'immagine retorica o è specchio, seppure parziale, della realtà? E questa immagine può legittimamente riflettersi solo nel mito dell'eroe, del combattente? La risposta è forse da ricercarsi analizzando quel bilancio finale che fu una crisi di tale gravità da travolgere un intero sistema, del quale gli sconvolgimenti avrebbero messo a nudo – e non solo in Italia – intime contraddizioni e squilibri. Il sistema era sano solo apparentemente. Esso conteneva già in sé i germi di malattie pronte a esplodere. La prima, e la più grave, sarebbe stata appunto la guerra. La Grande Guerra. Nella storia dei popoli, il primo conflitto mondiale.

Dall'eredità di Adua all'intervento

Siamo nel 1866, quando l'Italia e la Prussia, unite in un'alleanza, muovono guerra all'Austria per ottenere nuovi territori. L'Italia punta al Veneto e, potendo, anche al Trentino. Ma la scarsa preparazione militare e il disaccordo tra i comandanti in capo, La Marmora e Cialdini, fanno sì che l'esercito italiano, il 24 giugno 1866, venga sconfitto nei pressi di Custoza. Non si tratta di un'autentica disfatta; le forze italiane si ritirano senza un vero motivo poiché gli austriaci non si muovono dalle loro posizioni, anzi un'accorta direzione militare avrebbe permesso di riprendere l'offensiva. Quasi un mese dopo Custoza, il 20 luglio 1866, l'Italia tenta di risollevare il proprio prestigio militare. Viene perciò dato ordine alla flotta nell'Adriatico di attaccare le navi austriache a Lissa. Ma anche in questo caso la battaglia si trasforma in una sconfitta.

Più di dieci anni dopo, i risultati del Congresso di Berlino del 1878 rappresentano un'altra frustrazione per le mire da «grande potenza» dell'Italia. Se l'alleanza con la Prussia nel 1866 aveva almeno momentaneamente spezzato l'isolamento diplomatico in cui l'Italia si era venuta a trovare, sottraendola alla soffocante «tutela francese», gli avvenimenti successivi ce l'avrebbero fatta ripiombare per toccare l'acme, appunto, con il Congresso di Berlino. Di qui l'avvio, da parte dei governi liberali, di una politica estera italiana che si sarebbe mossa, sino al momento dell'intervento nel primo conflitto mondiale, tra non poche incertezze e contraddizioni.

In quel periodo l'Italia ha assunto un nuovo assetto, derivato dall'annessione del Veneto e, soprattutto, dalla soluzione del problema di Roma capitale (ma non bisogna dimenticare che la Breccia di Porta Pia, pur segnando il ritorno di Roma all'Italia, avrebbe creato non pochi problemi ai futuri governi per l'ostilità del papato). Da tutti questi fattori il governo italiano sarebbe stato indotto a una politica di «raccoglimento» e a concentrarsi sulla grave situazione economica interna. Tutto questo significò un accantonamento del problema delle terre irredente, ancora agitato dai settori radicali e repubblicani della sinistra storica, in maniera alquanto confusa e senza concrete prospettive. Se non quelle, negative, di porre un freno a una politica di intesa con gli imperi centrali (Austria e Germania), attraverso la quale il governo italiano tentava di uscire dall'isolamento.

Una politica, per quanto impopolare, resa obbligata dal crescente clima di tensione con la Francia, culminato nella primavera del 1881 con l'occupazione da parte di quest'ultima della Tunisia. Avvenimento decisivo sulle scelte diplomatiche dell'Italia, che al momento si trovò nell'impossibilità di reagire alla mossa francese. Non meno importante, quell'avvenimento, per un'opinione pubblica in cui si sarebbero fatti largo risentimenti antifrancesi più o meno a lungo covati, nella destra così come nella sinistra mazziniana e garibaldina. Sicché alla delusione per gli esiti del Congresso di Berlino si univa l'ancor più cocente smacco della «faccenda tunisina», al punto che la Francia (così come in passato per la questione romana), appariva come il maggiore ostacolo a una politica di rafforzamento e consolidamento in campo internazionale dell'Italia.

Alla vera e propria «corsa all'Africa» scatenatasi negli anni Settanta-Ottanta del XIX secolo, l'Italia arrivò con notevole ritardo rispetto ad altre potenze europee. Al marzo del 1882 risale l'acquisto, da parte della società di navigazione Rubattino, della baia di Assab, primo passo per le future conquiste coloniali italiane (una operazione della quale sarebbe apparsa ben presto chiara la scarsa consistenza economica e militare).

A distanza di quasi tre anni, il 5 febbraio 1885, truppe italiane avrebbero occupato sul Mar Rosso la base di Massaua. Di qui il contingente coloniale avrebbe tentato una prudente espansione verso l'interno. Ma il 26 gennaio 1887, a Dogali, le truppe etiopiche di Ras Alula avrebbero inflitto una dura sconfitta al contingente italiano comandato dal tenente colonnello Tommaso De Cristoforis. Al di là della drammaticità dell'avvenimento in sé – morirono cinquecento soldati italiani – si sarebbe trattato di una prima, traumatica presa di coscienza, da parte dell'opinione pubblica italiana, del fatto che l'avventura coloniale sarebbe stata tutt'altro che una passeggiata.

La nostra politica coloniale si sarebbe indirizzata, da allora e per un decennio circa, verso la zona costiera della Somalia; e avrebbe agito ipotizzando una sorta di protettorato sull'Etiopia. Il più deciso fautore della politica coloniale fu Francesco Crispi, che a essa avrebbe legato la propria sorte. A quella infausta della pesante sconfitta subita all'Amba Alagi nel novembre 1895, a quella non meno cocente della resa del forte di Makallè, di poco successiva alla tragedia dell'Amba Alagi.

Ma, soprattutto, alla disfatta di Adua. Qui, sul finire del febbraio 1896, 18.000 soldati italiani furono decimati da 80.000 abissini. L'evento, sommato agli altri, segna la scomparsa dalla scena politica di Crispi. E un ripiegamento delle mire coloniali italiane in Africa orientale.

Nella Roma d'oggi, i bronzi marmorei che ricordano i comandanti delle sfortunate operazioni coloniali di un secolo fa giacciono nell'abbandono al quartiere Prati, là ove sorgevano le caserme e gli alloggiamenti militari creati nella capitale dai piemontesi dopo il 1870. Una lapide altrettanto dimenticata elenca gli ufficiali caduti. Coloro che – come recita un verso di evidente ispirazione dannunziana – avevano donato la vita «per conquistare un paradiso all'ombra delle spade». Quel «paradiso» fu difeso strenuamente dai suoi abitanti. Lo ricordano, tra l'altro, numerose opere al Museo Africano, dove sono raccolte testimonianze degli interventi italiani in quel continente, soprattutto come lo videro gli africani stessi e in particolare gli etiopici. Fra tante opere cariche di significati anche simbolici, una si impone all'attenzione: il grande polittico ove un ignoto artista etiopico ha dipinto – in quadri di drammatica efficacia – la battaglia di Adua e la sconfitta delle truppe coloniali che tentavano di invadere il suo Paese. Adua non avrebbe rappresentato soltanto la fine delle nostre illusioni coloniali, ma anche l'unico caso in cui forze europee avrebbero conosciuto un così sanguinario, umiliante rovescio militare in terra africana. Non a caso alcuni storici esaltano quell'avvenimento come una sorta di simbolo epico della resistenza anticoloniale e della lotta per l'indipendenza del continente nero.

Stipulata a Vienna nel 1882 tra Austria, Germania e Italia, la Triplice Alleanza consentiva al nostro Paese di mirare all'uscita dal pericoloso isolamento in cui era piombato. Una conferma, se si vuole, del continuo barcamenarsi e delle illusioni della politica estera italiana. Era infatti chiaro che, all'interno della Triplice, il ruolo e il peso dell'Italia apparivano del tutto secondari rispetto a quelli degli altri due partner. Sia per il debole potere di contrattazione, sia per le scarse credenziali di efficienza militare che essa poteva offrire, soprattutto ai tedeschi memori della guerra del 1866.

Da un altro punto di vista le conseguenze dell'accordo del 1882 non si sarebbero limitate alla politica estera, ma avrebbero investito anche quella interna, sul piano ideologico non meno che su quello economico. La rottura con la Francia segnò l'accantonamento delle ideologie radicali, libertarie e democratiche tradizionalmente provenienti da quel Paese e che tanto avevano influenzato il Risorgimento. Ora il vento era mutato. Sull'onda di questi sentimenti tentava di farsi strada il rigido modello politico della Germania bismarkiana; tutt'altro che incline a «debolezze» democratiche e libertarie, permeato piuttosto da uno spirito autoritario che investiva rapporti politici e sociali. Un modello che si sarebbe cercato di seguire anche nel campo della promozione dell'industria pesante e dello stesso avvio di una politica coloniale, con risultati, a dire il vero, globalmente inferiori alle attese.

Ai rinnovi di quel patto (nel 1887, 1902, 1907 e 1912) si sarebbe affiancata – con quale coerenza politico-diplomatica è facile giudicare! – una accentuata libertà di manovra della politica estera italiana, volta soprattutto a riallacciare buoni rapporti con la Francia. Non mancano certo prove in tal senso, primo fra tutti l'accordo del 30 giugno 1902 (ad appena due giorni dal rinnovo della Triplice Alleanza) fra il ministro degli Esteri italiano Giulio Prinetti e l'ambasciatore francese a Roma Camillo Barrère, accordo con il quale l'Italia si impegnava a rimanere neutrale in caso di aggressione contro la Francia da parte di altre potenze. E ancora: l'appoggio dato dall'Italia alle tesi francesi a proposito della crisi marocchina alla conferenza di Algesiras, nel gennaio-aprile 1906. E infine: gli accordi italo-russi firmati nella residenza estiva dei Savoia, a Racconigi, nell'ottobre 1909 (in occasione della visita dello zar in Italia). In base a tali intese i due Stati si impegnavano al mantenimento dello status quo nei Balcani, contro qualsiasi interferenza esterna.

Si trattava, da parte dell'Italia, di atteggiamenti tendenti a un riequilibrio della propria posizione diplomatica in Europa – troppo sbilanciata verso gli imperi centrali – senza con questo venire meno agli accordi con essi continuamente rinnovati. Atteggiamenti, come la visita del presidente francese Loubet a Roma, che sarebbero stati stigmatizzati da parte tedesca. Al punto che il cancelliere von Bülow, in un discorso al Reichstag, l'8 gennaio 1902, parlò di un'Italia continuamente ondeggiante fra matrimonio legittimo e combinato. Facendo ricorso, quasi a voler sdrammatizzare la polemica, alla fortunata metafora del «giro di valzer» che una volta ogni tanto, in un matrimonio fortunato (la Triplice), una moglie (l'Italia) può fare con un altro ballerino (la Francia), senza che per questo il marito (la Germania) debba necessariamente andare su tutte le furie.

Nel 1911, in Italia, un variegato schieramento era favorevole alla conquista della Libia, con motivazioni che toccavano ora la politica internazionale, ora il prestigio nazionale, gli interessi economici, la politica interna. In prima fila, ovviamente, in tale schieramento, i nazionalisti; disposti a toccare tutte le corde (da quelle politiche a quelle economiche, letterarie e ideali) che potevano spingere verso l'impresa. Non mancavano di accusare il governo di eccessiva remissività nei confronti delle altre potenze e di non saper adeguatamente tutelare gli interessi italiani. Nella guerra contro la Turchia e nella conquista della Libia i nazionalisti vedevano la possibilità, innanzitutto, di riscattare il prestigio nazionale ancora scosso dalle umiliazioni di Dogali e Adua, dando così voce a una vocazione imperiale cui l'Italia non poteva sottrarsi, essendo – a loro avviso – l'imperialismo connaturato alla vita stessa delle nazioni. E anche un'opportunità di assicurare all'Italia quella fatidica «quarta sponda» dipinta come una terra promessa, fertile e ricca di risorse minerarie. Un lembo d'Africa che attendeva l'opera fecondatrice degli italiani.

In effetti, quasi in risposta alle tesi nazionaliste, l'Italia avrebbe profuso nell'impresa in Libia risorse ingentissime, per i tempi, a livello umano, di mezzi tecnici e di costi economici (che superarono il miliardo di lire). In particolare l'aeronautica avrebbe avuto un ruolo di primo piano nelle operazioni, sia nelle fasi di perlustrazione che in quelle dei bombardamenti, in voli che furono i primi al mondo nell'impiego bellico (il primo volo, quello dei fratelli Wright, era avvenuto nel 1903, solo otto anni prima).

A livello di propaganda favorevole all'impresa di Libia avrebbe fatto la sua comparsa anche una sorta di capitalismo cattolico (più o meno abilmente dissimulato dietro l'immagine di una nuova crociata contro gli infedeli). Lo rappresentavano gli interessi commerciali e finanziari del Banco di Roma, spintosi addirittura a una specie di «ricatto» nei confronti del governo, minacciando, in caso di mancato intervento italiano, di cedere i propri interessi a gruppi finanziari austro-tedeschi. Né si sarebbero sottratti al clima di esaltazione coloniale ambienti repubblicani e radicali, alcuni sindacalisti rivoluzionari e alcuni socialisti, propensi a vedere nelle conquiste coloniali uno degli ultimi stadi dell'evoluzione della società capitalistica verso il proprio fatale dissolvimento; senza contare il motivo populista, presente nel richiamo del poeta Giovanni Pascoli alla «grande proletaria», teso a presentare la conquista delle colonie come un naturale e salutare sbocco per l'emigrazione, per venire incontro alla «fame» di terra dei contadini meridionali.

In casa socialista la guerra di Libia avrebbe portato alle estreme conseguenze la crisi del riformismo. Ne mise a nudo infatti l'impreparazione nel campo della politica estera, al di là di un generico antimilitarismo pacifista e di un umanitario anticolonialismo. L'incertezza che avrebbe all'occasione caratterizzato l'atteggiamento dei riformisti sarebbe stata in un certo senso riscattata dall'intransigente opposizione dell'ala rivoluzionaria, contraria a qualsiasi ipotesi di compromesso. La crisi, in campo socialista, avrebbe toccato l'acme durante la «settimana rossa» che, nel giugno 1914, sconvolse gran parte dell'Italia (soprattutto la Romagna) acuendo il dissidio di fondo tra l'ala riformista e quella rivoluzionaria.

Più sistematica ancora di quella «piazzaiola» dei socialisti intransigenti e dei loro occasionali alleati sarebbe stata l'opposizione alla guerra di Libia espressa dalla «Voce» e da Gaetano Salvemini in particolare. Un dissenso, comunque, isolato, in un Paese dominato dal consenso pressoché generale e abilmente fomentato dai nazionalisti. La polemica – notevolmente attenuatasi durante il conflitto, con l'eccezione proprio di Salvemini, che l'avrebbe proseguita dalle pagine dell'«Unità» – avrebbe avuto come bersaglio preferito i nazionalisti, smontando le tesi da essi sostenute circa le ricchezze naturali della Libia e la buona predisposizione dei locali verso l'Italia. In realtà, se era vero che gli italiani intendevano riscattare il loro orgoglio in terra africana ponendo fine alla dominazione turca in Libia, era altrettanto chiaro che ai libici lo scontro appariva solo come una sventura che avrebbe finito col sostituire un padrone con un altro. Nella guerra di Libia Salvemini avrebbe visto soprattutto un tentativo di Giolitti di eludere più pressanti problemi interni. Avrebbe scritto:

Ammesso anche che la Tripolitania sia quel Paese di cuccagna che gli austro-clericali e i nazionalisti vanno cantando, in questo momento e per qualche anno ancora l'Italia deve tenere le mani a posto.

Dall'ottobre 1912 al luglio 1913 lo status quo sino ad allora faticosamente mantenuto in Europa sarebbe stato scosso dall'esplodere delle guerre balcaniche. Le tensioni etniche, religiose, economiche, che sin da allora covavano come un secolare focolaio, avrebbero fatto di quell'area geografica una vera e propria polveriera, sulla quale erano oltretutto pronte a gettare fuoco varie potenze europee: Serbia, Grecia, Bulgaria, Montenegro, Romania, Turchia, Russia (tradizionalmente protettrice dei serbi) sarebbero stati gli attori principali di quelle brevi ma aspre guerre.

Alla perdita di prestigio e di interessi per l'Austria e la Germania avrebbe fatto da contraltare l'espansione della Serbia, che da tempo intendeva porsi come Stato guida nei Balcani (il sogno della «grande Serbia»). Le guerre balcaniche avrebbero inoltre dimostrato da un lato come le diplomazie europee non fossero più in grado come una volta di controllare una situazione divenuta esplosiva nel vecchio continente; da un altro, per quanto riguarda l'Italia, un chiaro tentativo di favorire in quell'area la formazione di Stati indipendenti, sui quali attuare poi una penetrazione, economica e politica, in concorrenza soprattutto con l'Austria. E la dice lunga sulle contraddizioni e sulla sostanziale e cronica incoerenza della politica estera italiana il fatto che quei tentativi fossero posti in atto in coincidenza con il rinnovo – siglato a Venezia – della Triplice Alleanza, nel dicembre 1912.

Per un altro verso ancora, le guerre balcaniche avrebbero ridato fiato alle tendenze irredentiste, innegabilmente frustrate dopo l'avvicinamento dell'Italia all'Austria nel 1882 e l'impiccagione del giovane irredentista triestino Guglielmo Oberdan. Dopo l'intermezzo giolittiano, la tradizione nazionalpatriottica risorgimentale liberale avrebbe acquistato nuove energie con il liberalismo di Salandra. In Italia l'attentato di Sarajevo e lo scoppio del primo conflitto mondiale permisero di nascondere nelle cortine fumogene delle drammatiche vicende belliche la crisi della politica governativa e insieme i termini della lotta per il potere tra giolittiani e seguaci di Salandra. Talmente sfruttata, la guerra, ai fini della politica interna, che Salandra vide in una possibile vittoria dell'Intesa (Francia e Gran Bretagna), rafforzata dal contributo italiano, non soltanto la sconfitta militare degli imperi centrali, ma anche la definitiva disfatta della politica di Giolitti e dei neutralisti che in lui si riconoscevano. Interessi di politica interna che agirono da copertura alle dure polemiche scoppiate nel Paese tra interventisti e neutralisti.

Infine, la decisione che porterà l'Italia alla guerra fu per certi versi «imposta» alla maggioranza da una minoranza particolarmente attiva e «rumorosa»; e decisivo sarebbe risultato il fattore irredentistico che essa agitava. Di qui l'avvio, sin dal 3 marzo 1915, di trattative segrete fra Italia e anglo-francesi, culminate il 26 aprile nella firma del Patto di Londra. L'Italia sarebbe entrata in guerra (inizialmente contro la sola Austria-Ungheria) a distanza di un mese, il 24 maggio; e questo malgrado tardive iniziative diplomatiche da parte degli imperi centrali, che tuttavia crearono imbarazzi al governo di Salandra.

Sull'intervento italiano nella Prima guerra mondiale, sullo spirito e il modo che presiedettero a esso e sui suoi sviluppi (per non dire di come l'Italia si mosse in occasione della Conferenza della Pace) i pareri sono, anche tra gli storici, assai diversi. Una cosa è certa: anche per l'Italia, soprattutto per l'Italia, le vicende politiche, militari e sociali della guerra del 1915-18 segnarono la conclusione, la fine di un'epoca che affondava le sue radici nel Risorgimento, nei suoi valori, nella sua classe politica. E l'inizio di un'altra, che con essi avrebbe avuto legami sempre minori e sarebbe definitivamente tramontata con la Seconda guerra mondiale.

Indice dei nomi

Acerbo, Giacomo, 23
Albertini, Luigi, 16, 46, 52
Alfieri, Edoardo Dino, 94, 107
Alula, Ras d'Etiopia, 137
Amendola, Giovanni, 51
Aosta, Amedeo Savoia, duca di, 19
Attolico, Bernardo, 94

Badoglio, Pietro, 88, 103, 106
Balabanoff, Angelica, 4
Balbo, Italo, 18, 36, 82, 85, 88, 97, 103-104
Baldesi, Gino, 20
Baldini, Nullo, 53
Balisti, Fulvio, 114
Barrère, Camillo, 139
Bassanesi, Giovanni, 56
Battisti, Cesare, 4
Bauer, Riccardo, 55-56
Bianchi, Michele, 18
Bissolati, Leonida, 5
Blum, Léon, 68
Bolla, Luigi, 115
Bombacci, Nicola, 114-15
Bonomi, Ivanoe, 5
Borghese, Junio Valerio, 112
Borsani, Carlo, 114
Bottai, Giuseppe, 46-47, 88, 90, 97
Briand, Aristide, 63
Buffarini-Guidi, Guido, 115
Bülow, Bernhard Heinrich von, 139
Buozzi, Bruno, 20, 53

Cabrini, Angiolo, 5
Calvino, Italo, 120
Campolonghi, Luigi, 53
Carnazza, Gabriello, 20, 33
Casalini, Armando, 34
Casati, Alessandro, 33, 38
Cavazzoni, Stefano, 20
Chabod, Federico, 124, 127
Chamberlain, Arthur Neville, 71, 83
Chamberlain, Austen, 63
Chiesa, Eugenio, 53
Churchill, Winston, 97
Cialdini, Enrico, 135
Cianca, Alberto, 52-53
Ciano, Edda, nata Mussolini, 114
Ciano, Galeazzo, 65, 68, 70, 72, 80, 84, 88, 91, 93, 97-98, 101, 104-105, 107, 114
Cione, Edmondo, 114

Colonna di Cesarò, Giovanni Antonio, 20
Comencini, Luigi, 120
Coppola, Goffredo, 128
Corbino, Orso Mario, 33
Corgini, Ottavio, 17
Corradini, Enrico, 127-29
Crispi, Francesco, 126, 137
Croce, Benedetto, 33, 56, 124, 128

Daladier, Edouard, 71, 83
D'Annunzio, Gabriele, 10, 12, 15-18, 81
De Ambris, Alceste, 53
De Bono, Emilio, 18, 33, 88
De Bosis, Lauro, 57
De Capitani d'Anzago, Giuseppe, 20
De Cristoforis, Tommaso, 137
De Gasperi, Alcide, 4
De Nicola, Enrico, 12
De Rosa, Fernando, 56
De Ruggiero, Guido, 14, 56
De Stefani, Alberto, 20
De Vecchi, Cesare Maria, 18
Diaz, Armando, 19-20
Dollfuss, Engelbert, 66, 77
Donati, Giuseppe, 51-52
Drummond, Eric, 70
Dumini, Amerigo, 29, 34

Facchinetti, Cipriano, 53
Facta, Luigi, 16-19
Faldella, Emilio, 67
Farinacci, Roberto, 12, 21, 34-36, 69, 88, 116
Fasciolo, Arturo, 33
Fedele, Pietro, 38
Federzoni, Luigi, 20, 33, 35, 38, 44, 88, 127-28
Ferrari, Francesco, 53
Finzi, Aldo, 32
Franco Bahamonde, Francisco, 67-69, 92, 106
François-Poncet, André, 98

Gaeta, Franco, 127
Galbiati, Enzo, 36
Garibaldi, Giuseppe, 126
Garibaldi, Peppino, 52
Garibaldi, Ricciotti, 52
Gasparri, Pietro, 51
Gentile, Giovanni, 19-20, 33, 115
Giardino, Gaetano, 19
Gibson, Violet, 49
Giolitti, Giovanni, 12, 16-18, 28, 31-32, 35, 46, 141, 143
Giovannini, Alberto, 114
Giulietti, Giuseppe, 17
Giuriati, Giovanni, 20, 38
Gobetti, Piero, 51, 55-56, 124
Göring, Hermann, 84
Grandi, Dino, 12-14, 64-65, 67, 72, 88, 97
Graziani, Rodolfo, 104, 116, 119
Guzzoni, Alfredo, 107-108

Hassell, Ulrich von, 78
Hemingway, Ernest, 69
Hitler, Adolf, 58, 65, 70-71, 73- 84, 89, 91-92, 94- 96, 100-105, 107-11, 115
Hofer, Franz, 111

Keitel, Wilhelm, 101, 107
Koch, Pietro, 115
Kuliscioff, Anna, 30

Labriola, Arturo, 4
La Marmora, Alfonso, 135

Langmore, Arthur, 103
Lanza di Scalea, Pietro, 33
Largo Caballero, Francisco, 68
Laval, Pierre, 65-66, 78
Longo, Luigi, 119
Loraine, Percy, 98
Loubet, Emile, 139
Lucetti, Gino, 49
Ludwig, Emil (Emil Cohn detto), 3
Lussu, Emilio, 55-56

Mackensen, Hans Georg von, 96, 107
Malaparte, Curzio Suckert, detto, 34, 36, 120
Maltoni, Rosa, 3
Marinetti, Filippo Tommaso, 11
Maroni, Gian Carlo, 82
Marras, Luigi Efisio, 107
Marsich, Piero, 14
Matteotti, Giacomo, 27, 29, 32, 34
Mezzasoma, Ferdinando, 113
Minzoni, Giovanni, 24
Mocchi, Walter, 4
Modigliani, Giuseppe, 53
Molotov, Vjačeslav M. Skrjabin, 84, 88, 113
Mors, Hans, 109
Mussolini, Alessandro, 3
Mussolini, Vito, 90
Mussolini, Vittorio, 110

Nava, Cesare, 33
Nenni, Pietro, 5, 53-54, 57-59
Nitti, Fausto, 55
Nitti, Francesco Saverio, 16, 50

Oberdan, Guglielmo, 142
Orlando, Vittorio Emanuele, 16, 31, 35
Oviglio, Aldo, 20, 38

Pacciardi, Randolfo, 53
Pantaleoni, Maffeo, 130
Parini, Piero, 114
Parri, Ferruccio, 53, 55, 119
Pascoli, Giovanni, 141
Pasić, Nikola, 25
Pavolini, Alessandro, 98, 113-16
Pecori Giraldi, Guglielmo, 19
Pellizzi, Camillo, 90
Petacci, Claretta, 117
Pétain, Henri-Philippe, 101-102
Pettinato, Concetto, 113-15
Pini, Giorgio, 115
Pio XI, Achille Ratti, 51, 73
Pio XII, Eugenio Pacelli, 95-96
Podrecca, Guido, 5
Preziosi, Giovanni, 115-16
Primo de Rivera y Orbaneja, Miguel, 67
Prinetti, Giulio, 139
Pugliese, Emanuele, 18

Quilici, Nello, 85

Rahn, Rudolph von, 109
Rainer, Friedrich, 111
Ravasio, Carlo, 90
Reale, Egidio, 53
Reynaud, Paul, 95, 101
Ribbentrop, Joachim von, 72, 74, 84, 88, 91, 101, 107
Ricci, Renato, 116
Rintelen, Enno von, 107
Roatta, Mario, 67, 101
Rocca, Massimo, 17, 24
Rocco, Alfredo, 30, 38, 127-28
Romeo, Rosario, 124
Roosevelt, Franklin Delano, 91, 95-97

Rosselli, Carlo, 53-58
Rossi, Cesare, 28, 32-33
Rossi, Ernesto, 55
Rossi, Teofilo, 20
Rossoni, Edmondo, 21, 47-48

Salandra, Antonio, 16, 31, 35, 143
Salvatorelli, Luigi, 56
Salvemini, Gaetano, 52, 54-55, 124, 141
Saragat, Giuseppe, 52-53, 57, 59
Schiavetti, Fernando, 53
Schuschnigg, Kurt von, 79
Sforza, Carlo, 52
Silone, Ignazio, 52
Silvestri, Carlo, 115
Skorzeny, Otto, 110
Soddu, Ubaldo, 106
Spampanato, Bruno, 114
Stalin, Josif Visarionovič Džugašvili, detto, 113
Student, Kurt, 109
Sturzo, Luigi, 22, 32, 50-51

Tangorra, Vincenzo, 20
Tarabella, Aldo, 36
Tarchiani, Alberto, 52, 55-56
Tellini, Enrico, 24
Thaon di Revel, Paolo, 19-20
Tino, Adolfo, 38
Tittoni, Tommaso, 31
Togliatti, Palmiro, 30, 56, 59
Trentin, Silvio, 52
Treves, Claudio, 5, 52-54, 58
Turati, Augusto, 47, 116
Turati, Filippo, 5, 30, 52-54, 58

Umberto II, re d'Italia, 43, 56

Vinciguerra, Mario, 56
Vittorio Emanuele II, re d'Italia, 124
Vittorio Emanuele III, re d'Italia, 16, 19, 37, 43-44, 50, 54, 73, 88

Welles, Sumner, 91
Wilson, Thomas Woodrow, 10
Wolff, Karl, 109
Wright, Orville e Wilbur, 140

Zamboni, Anteo, 49
Zanetti, Armando, 38

«Breve storia del fascismo»
di Renzo De Felice
Oscar
Mondadori Libri

Questo volume è stato stampato
presso ELCOGRAF S.p.A.
Stabilimento - Cles (TN)
Stampato in Italia. Printed in Italy